Impressum

Herstellung und Verlag:
BoD - Books on Demand, Norderstedt
ISBN 978-3-7347-3051-1
Für den Inhalt des Buches zeichnet der Autor verantwortlich
© 2014

Lisas Geburtstag

Schon seit Stunden stand Lisa an der Straßenecke, dort, wo sie eigentlich immer die allerbesten Umsätze machte. Doch diesmal schien es wie verhext - kein einziger Freier kam, der sich für sie interessierte. Dabei hatte sie sich extra fein gemacht, denn an diesem Tage hatte sie Geburtstag. Sie wurde Dreiundzwanzig und wollte so richtig viel Geld verdienen. Außerdem saß ihr der Zuhälter des Clubs im Nacken, der immer noch mehr Geld von ihr verlangte, nur, damit sie weiterhin in einem üblen dunklen Zimmer seines Stundenhotels leben durfte. Als es jedoch auch noch zu regnen begann, sah sie ihre Chancen in weite Ferne entschwinden. Da hielt plötzlich eine langgezogene Limousine mit pechschwarzen Scheiben neben ihr. Die hintere Tür öffnete sich und ein Mann mit einer riesigen Sonnenbrille bat sie freundlich ins Fahrzeug. „Na endlich!", dachte sie sich erfreut, „Endlich beißt doch noch einer an!" Sie nahm in dem Fahrzeug platz und geräuschlos setzte sich die Limousine in Bewe-

gung. Kaum spürbar glitt das Fahrzeug durch die breiten Straßen dieser riesigen Stadt San Francisco. Lisa schaute unentwegt durch die schwarzen Scheiben und wunderte sich, dass sie ewig nicht anhielten. Kein dunkler Parkplatz war in Sicht, auch keine miese Absteige, wo sie wie so oft ihren Körper für wenige Dollar verkaufte. Nicht einmal eine schmierige Bar gab es hier. Irgendwann wurde es ihr zu bunt und sie erkundigte sich bei dem fremden Mann, wie lange diese seltsame Reise noch dauern würde. Doch der Fremde wiegte nur seinen Kopf und meinte dann kurz: „Bis wir angekommen sind."
Lisa beschlich schon ein ganz seltsames Gefühl: was, wenn sie entführt würde oder sich dieser schweigsame Fremde an ihr verging. Panik machte sich in ihr breit. Sie wollte aussteigen, sagte es jedoch nicht. Sie schwieg und spürte doch, wie ihr das Herz beinahe aus der Brust sprang. Alles erschien ihr irgendwie sonderbar und komisch. Es gab weder einen Drink noch begrabschte sie dieser Mann. Er saß in seiner Ecke und starrte in einem Fort aus dem Fenster. Und der Wagen fuhr und fuhr und fuhr ... irgendeinem unbekannten Ziel entgegen. Ihr war klar, dass sie auf diese Weise kein Geld verdienen

könnte. Und sie konnte es sich einfach nicht leisten, stundenlang in der Gegend herum gefahren zu werden. Schließlich reichte es ihr. Sie stellte den Fremden zur Rede: „Sag mal, willst Du mich veralbern? Entweder Du zahlst mir jetzt die Zeit oder Du bringst mich sofort zurück!" Der Fremde aber sagte nur leise: „Gleich werden wir da sein. Haben Sie nur noch ein paar Minuten Geduld."
Lisa rollte mit den Augen und stöhnte laut. Eigentlich wäre sie am liebsten aus diesem Fahrzeug gesprungen, doch die nette Art dieses Fremden und seine Zurückhaltung ihr gegenüber flößte ihr ein ganz klein wenig Vertrauen ein. Vielleicht war es ja gar nicht so schlecht, einfach abzuwarten. Trotzdem beobachtete sie die Gegend, welche sie gerade passierte, sehr genau.
Sie befanden sich in einer vornehmen Villengegend. Die schönsten Häuser standen hinter großzügig angelegten Hecken und vornehmen Toren. In solch einer Gegend war sie wirklich noch nie. Sie konnte sich gar nicht satt sehen an all diesem Luxus. Aber sie hatte irgendwie schon damit gerechnet, denn schließlich zeugte dieses Auto ja auch von einem gewissen Lebensstandard. Vor einer großen weißen Villa, die sich hinter dichten Bäumen verbarg blieben sie schließlich ste-

hen. „Wir sind angekommen.", sagte der Fremde. Mit diesen Worten wurde ihm die Wagentür geöffnet. Er stieg aus und auch Lisa wurde vom Fahrer die Tür geöffnet. Vorsichtig stieg sie aus dem Fahrzeug und fand sich inmitten einer Welt, die sie noch nie zuvor gesehen hatte, wieder. Fast schon fühlte sie sich ein bisschen deplatziert, denn ihre recht schrille Garderobe passte so gar nicht zu der allgegenwärtigen zurückhaltenden Vornehmheit dieses Vorortes. Der Fremde schritt durch das große schmiedeeiserne Tor und sagte auffordernd zu ihr: „Kommen Sie einfach mit." Über die lange, mit weißen Kieselsteinen versehe Einfahrt gelangten sie zu der strahlend weißen Villa. Lisa stand staunend vor dem monströsen Gebäude und konnte sich gar nicht satt sehen. Sie stand zwischen den mächtigen emporragenden Säulen und versuchte, durch die großen Fensterscheiben am Eingang irgendetwas zu erkennen. Doch es gelang ihr nicht. Der Fremde bat sie ins Haus und dort sah es noch vornehmer aus als draußen. Inmitten eines riesigen Foyers stand eine weiße Sitzgruppe aus Leder und wurde von Stehleuchten aus Messing und Gold eingerahmt. Eine breite Marmortreppe führte vom Foyer aus in die oberen Galerie-

räume. Nein, so etwas hatte sie wirklich noch nie gesehen. Wem all das wohl gehörte? Ein wenig erschöpft ließe sie sich in die samtweichen Polster fallen. Dieser Fremde musste so unermesslich reich sein ... weiter denken konnte sie nicht mehr. Denn plötzlich erschien der Fremde und nahm endlich seine Sonnenbrille von der Nase. „Sie sind nun angekommen und ich begrüße Sie aufs Herzlichste. Gleich werde ich Ihnen die Unterlagen bringen und wenn Sie unterschrieben haben, können Sie sich erst einmal umkleiden." Der Fremde verschwand erneut in einem Hinterzimmer und Lisa verstand nun erst recht nichts mehr.
Was hatte das alles nur zu bedeuten? Was wollte der Fremde von ihr? Dieses eigenartige Verhalten konnte nichts Gutes bedeuten. Denn, was sollte sie schon unterschreiben? Ihr eigenes Todesurteil vielleicht? Wurde sie am Ende zum Sex gezwungen und der Freier wollte sich nur absichern?
So etwas hatte sie schon oft gehört. Nein, so wollte sie nicht enden. Doch wenn sie jetzt davon rannte, würde man sie sofort festnehmen. Man würde sie in dieser Gegend sofort als Prostituierte enttarnen. Und dann wäre es aus mit ihr!

Ihre furchtbaren Gedanken wurden jäh unterbrochen, als der fremde Mann mit einer schwarzen Ledermappe unterm Arm zurückkehrte. Er breitete sie vor Lisa auf den niedrigen Glastisch aus und schaute sich noch einmal die Unterlagen Blatt für Blatt durch. „So, da sind die Verträge. Bitte lesen Sie sich alles durch und unterzeichnen Sie dann hier. Unser Notar veranlasst dann alles Weitere."
Der Fremde deutete mit dem Zeigefinger auf eine Linie, die sich unter einem langen Text befand. Misstrauisch schaute Lisa zu dem fremden Mann und dann wieder auf das Papier vor ihr. Dann nahm sie unschlüssig die Mappe und las: „Testament! Hiermit vermache ich meiner geliebten Tochter Lisa Smith mein ganzes Vermögen. Sollte Lisa nicht in ihrer Wohnung auffindbar sein, so soll sie umgehend gesucht werden. Sie könnte möglicherweise als Prostituierte in einem Club im Rotlichtviertel tätig sein. Aber ich liebe sie und möchte ihr alles überschreiben. Wenn man sie findet, soll sie in die Villa gebracht werden. Außerdem vermache ich ihr auch noch das gesamte Vermögen, von insgesamt Sechs Milliarden US Dollar."
Lisa glaubte, in Ohnmacht fallen zu müssen. Ihr wurde schwarz vor Augen und wahn-

sinnig übel. Hatte sie sich auch nicht verlesen? Oder träumte sie das alles nur? War es eine Fata Morgana oder war sie am Ende einfach nur verrückt geworden? Aber diese Unterschrift unter all dem, das war kein Irrtum, das war eindeutig die Unterschrift ihrer Mutter. Sie wusste es noch ganz genau. Nur wie kam ihre Mutter ausgerechnet in diese vornehme Villa? Sie war doch damals, als Lisa von Zuhause davonlief, bettelarm. Wie ein Film lief die Kindheit vor Lisas innerem Auge ab. Sie erinnerte sich: nach Vaters Tod zog die Mutter sie ganz allein groß. Sie versuchte, ihrer Tochter alles zu geben. Doch als die sechzehn Jahre alt war, rannte sie starrköpfig aus dem Haus. Sie wollte ihr eigenes Geld verdienen und landete dann doch in diesem üblen, verruchten Club. Man hatte ihr den Ausweis weggenommen und irgendwo versteckt. Sie kam einfach nicht mehr weg von dort und die Zuhälter waren gnadenlos und fies. Und dieser fremde Mann? Wer war das? Der Diener ihrer Mutter? Sie starrte den Fremden an. Der lächelte zurück und meinte dann: „Ich sehe, Sie sind unschlüssig? Ich erkläre es Ihnen. Ihre Mutter hatte damals den reichen Unternehmer Baron Haribert von Abendsee geheiratet. Als der wenig später an seiner schweren Herzkrankheit starb, vermachte er ihr das ganze Vermögen und diese Villa. Ich habe Sie wirklich lange suchen müssen, bevor ich endlich auf diesen Club gestoßen bin. Mit ein paar Scheinchen war es dann nur noch ein Kinderspiel, Sie hierher zu holen. Ach, und hier ist auch noch Ihr Ausweis." Der Fremde zog etwas aus seiner Jackettasche und legte es vor Lisa auf den Tisch. Es war tatsächlich ihr lange vermisster Ausweis. Aufatmend nahm sie ihn an sich. Endlich war sie wieder ein vollwertiger Mensch. In diesem Moment wusste sie nur eines: nie wieder wollte sie zurück in diese furchtbare Welt im Rotlichtviertel! Sie hatte es jeden Tag aufs Neue gehasst. Und diese miesen Kerle dazu. Nein, das hatte nun ein Ende! Endlich stellte sich nun auch der Fremde vor: es war der Leibwächter seiner Mutter, Arnold. Er hatte Lisa all die Jahre selbst gesucht. Lisa dankte ihm und Arnold zeigte ihr noch das ganze Haus. Zum Schluss führte er sie in ihre Räumlichkeiten, die sie ab sofort bewohnen sollte. Erleichtert schaute sie durch die Fenster hinaus in den herrlichen Garten. So wunderschön hatte sie sich ihren Geburtstag wirklich nicht vorgestellt. Es war wie ein Wunder, sie hatte ihre Mutter wiedergefunden und dazu gleich noch ein neues Leben

geschenkt bekommen. Wie wunderbar doch plötzlich diese Welt war. Da sie die alten Klamotten aus dem Club nicht mehr sehen wollte, überhaupt nie wieder dorthin zurück wollte, fuhr sie Arnold noch zu einigen teuren Boutiquen in der Stadt. Zusammen kauften sie Lisa die schicksten Kleider. Damit kehrten sie in die Villa zurück und Lisa legte sich schließlich hundemüde in ihr weiches Bettchen. Die frische Abendluft zog in ihr ruhiges Zimmer und sie träumte einen wundervollen Traum. Am nächsten Morgen wurde sie von einer Hausangestellten geweckt. Die ältere Dame, die sich Mrs. Cartland nannte, begrüßte Lisa und freute sich, dass sie nun die neue Herrin in dieser Villa war. Sie meinte, dass sich die ganze Zeit die Schwester von Lisas Mutter um die Villa gekümmert hatte. Doch als sie erfuhr, dass Lisa endlich gefunden wurde, war die Freude groß. Lisas Tante hatte sich für den Mittag angesagt. Zusammen mit ihr sollte sie also fortan in dieser wunderschönen Villa wohnen. Doch Lisa vermisste Arnold, der sie gefunden hatte und der ihr die ganze Villa gezeigt hatte. Verwundert erkundigte sich Lisa nach ihm.
Die Haushälterin schaute Lisa erstaunt an. Dann schüttelte sie ungläubig mit ihrem

Kopf und meinte dann mit Tränen in den Augen: „Das kann gar nicht sein. Arnold ist nicht mehr hier. Er ist vor drei Wochen, als er auf der Suche nach Ihnen war, mit der Limousine der gnädigen Frau bei einem schweren Verkehrsunfall auf dem Freeway ums Leben gekommen ..."

Rache der Vergangenheit

Der Fall war so tragisch wie auch merkwürdig: irgendein Heckenschütze hatte aus sicherer Entfernung auf einen jungen Mann geschossen, der gerade dabei war, in seinen Wagen einzusteigen. Die Kugel traf ihn glücklicherweise nur an der Schulter. Doch der Täter konnte nicht gefasst werden, obwohl er ziemlich genau beschrieben wurde. Es sollte ein Mann in einer schwarzen Jacke gewesen sein, der auf dem Dach des Gebäudes stand, welches sich gegenüber vom Parkplatz befand. Man fand nur die schwarze Jacke, die seltsamerweise ein Loch in der Herzgegend aufwies. Die Suche gestaltete sich zwar schwierig, doch man fand sehr schnell eine heiße Spur. Die Jacke aber konnte dem Verdächtigen nicht zugeordnet werden. So musste er wieder freigelassen werden. Auch die Kugel, die den jungen Mann beinahe getötet hätte, wies einige Eigenarten auf. Sie stammte aus einem Gewehr, welches schon sehr alt sein musste. Man konnte trotz all dieser stichhaltigen Anhaltspunkte keinen

Täter finden. So wurde schließlich der Profiler Conrad Jenkins zur Rate gezogen. Jenkins hatte sich eigentlich schon zur Ruhe gesetzt. Aber in besonders hartnäckigen Angelegenheiten befragte man ihn noch. Jenkins war ein älterer, recht gemütlicher Herr, der es eher langsam anging. Nicht jeder Polizeibeamte fand das so gut. Denn immerhin wollte man schnell die Täter zu fassen bekommen. Es war aber Jenkins Akribie und die Zielstrebigkeit, die er dann doch immer wieder auf die richtige Fährte setzte. Jenkins schaute sich auch diesen Tatort genau an. Dann begab er sich auf das Dach des Hochhauses, von welchem der Schuss gefallen war. Er konnte nichts Verdächtiges feststellen. Und er wusste genau, dass der Täter darauf bedacht war, alle seine Spuren zu verwischen. Allerdings machte Jenkins an genau dieser Stelle eine Denkpause. Irgendetwas in ihm veranlasste ihn, in eine andere Richtung zu denken. Es ging gar nicht mehr um eine Spurensuche. Vielmehr ging es um Motive.

Wer war das Opfer? Wer war dieser angeschossene junge Mann? Könnte er ein Auslöser für diese Tat gewesen sein? Gab es in dessen Familie einen Hinweis, der auf die Schussattacke hinweisen könnte?

Jenkins tappte nach wie vor im Dunkeln und fand wie auch seine ehemaligen Polizeikollegen absolut keinen Anhaltspunkt. Sollte dieser Täter etwa davonkommen? Was wäre, wenn er wieder zuschlagen würde? Gäbe es dann noch mehr Opfer? Vielleicht würde er inmitten der Stadt erneut zuschlagen? Jenkins fand einfach keine Ruhe mehr. Nachts blieb er stundenlang wach und ging in Gedanken die unfassbarsten Szenarien durch. Irgendeine Spur musste es doch geben? Irgendwann befasste man sich tatsächlich damit, den Fall vorerst zu den Akten zu legen. Die zuständige Mordkommission sollte aber weiter arbeiten. Und Jenkins fand noch immer keinen stichhaltigen Hinweis. Er forschte jedoch immer weiter. Es wäre sein erster Fall, bei welchem er versagen würde. Das durfte auf gar keinen Fall geschehen. So zog er eines Nachts los und untersuchte heimlich die Umgebung des Hauses, in welchem der angeschossene junge Mann lebte. Es war ein sehr altes Gebäude, in welchem der Mann wohnte. Und rund um das ehrwürdige Gemäuer erstreckte sich ein wackeliger Gartenzaun. Doch was war das? Im dichten Gebüsch, hinter dem Haus entdeckte Jenkins einen Stein. Mit seiner Taschenlampe leuchtete er hinter den Zaun. Es musste ein Grabstein sein, der dort stand. Plötzlich zog ein heftiges Gewitter auf. Die grellen Blitze erhellten die Gegend und tauchten den Grabstein in ein seltsames Licht. Zwischen den dumpfen Donnerschlägen glaubte Jenkins, eine Stimme zu hören. Zwar verstand er nicht, was die Stimme da sagte, doch er war sich ganz sicher, dass da etwas war. Es begann zu regnen und Jenkins wusste nicht so genau, ob er weiter kundschaften sollte. Doch seine Neugier war so stark, dass er sich durch eine schmale offene Stelle im Gartenzaun zwängte. Es bedurfte schon einiger Anstrengungen, um das dichte Gestrüpp, welches den Grabstein einhüllte zu beseitigen. Als er es schließlich geschafft hatte, richtete er den Lichtkegel seiner Taschenlampe auf die verwitterten Initialen, die einst in den Stein hinein gemeißelt wurden. Er las einen Namen: Jane Andrews, geboren am 8. November 1890, ermordet im Dezember 1916. Jenkins konnte sich keinen Reim darauf machen. Sie war noch so jung, erst 26 Jahre. Da vernahm er wieder diese Stimme. Und nun war sie so deutlich zu hören, dass er sie teilweise recht gut verstehen konnte. Es war eine glockenklare Frauenstimme. Sie flüsterte immer wieder die gleiche Worte: „Töte ihn, töte meinen Mörder!"

Obwohl der Donner des Gewitters ihre Worte in sich verschlang, konnte er sie dennoch gut hören. War das Jane Andrews? War das die hier begrabene junge Frau? Und was hatte das mit diesem jungen Mann zu tun, der hier lebte? Das Gewitter zog langsam ab und so seltsam es sein mochte, auch Jenkins wollte nicht länger bei diesem sonderbaren Grabstein bleiben. Denn im Schutze des Gewitters war er sicherer als in diesem Moment. Jeden Augenblick konnte der junge Mann am Fenster seines Hauses erscheinen und ihn möglicherweise entdecken. Das wäre dann das Ende seiner Mühen. Jenkins fuhr nach Hause, um sich seine weiteren Schritte zu überlegen.
Den Polizeibeamten der Mordkommission sagte er nichts von seinen neuesten Erkenntnissen. Immerhin hatte er ja noch keine handfeste Spur, nur einen winzigen Hinweis. Am nächsten Tag recherchierte er nach dieser ominösen Jane Andrews. Wer war diese unbekannte Frau? Und in welchem Verhältnis stand sie zu dem angeschossenen jungen Mann? Im Lesesaal der Universität fand er einen erstaunlichen Zeitungsartikel. Darin wurde über den mysteriösen Mordfall im Jahre 1890 geschrieben. Jane Andrews war

demnach die Ehefrau eines Komponisten, namens Clark Andrews. Der aber war noch bevor Jane ermordet wurde, an Herzversagen gestorben. Doch im Zeitungsartikel beschrieb der Autor eine seltsame Beobachtung: bei der Beerdigung stand eine ältere Dame an Janes Grab, ihre Tante Corvinia. Diese allerdings wurde als böse und gemein beschrieben. Jane hatte sich nie mit ihr verstanden. Und den Aussagen des Zeitungsartikels zufolge, wollte Jane auch nicht, dass Corvinia jemals in ihrem Hause erschien. Die logische Folgerung war, dass Jane es auch niemals gewollt hätte, dass ausgerechnet diese verhasste Tante an ihrem Grabe erschien. Warum also war sie dennoch dort? Nur um Jane zu ärgern? Das ergab wohl keinen Sinn. Vielmehr glaubte Jenkins, dass Corvinia etwas mit dem Mord an Jane zu tun haben musste. Möglicherweise hatte sie Jane umgebracht? Es wäre immerhin möglich. Doch noch immer gab es keinerlei Verbindungen zwischen dem Schützen auf dem Dach, dem jungen Mann und dieser Jane aus der Vergangenheit. Jenkins raufte sich die Haare. Irgendwo musste es doch diese Verbindung geben! In den folgenden Tagen saß er wieder stundenlang im Lesesaal. Dort fand er schon öfter wichtige Anhaltspunkte bei aussichtlosen Mordfällen. Und auch diesmal fand er etwas: einen Hinweis auf Janes Tante Corvinia. Sie war bekannt dafür, dass sie sich mit Kräutern recht gut auskannte. Deswegen brachte sie damals oft diverse Kräuter in eine Apotheke. Der Apotheker wiederum wurde eines Tages vergiftet in seinem Haus aufgefunden. Es war stark anzunehmen, dass Corvinia auch ihn umgebracht hatte. Mehr noch, sie galt seither als reiche Frau. Woher sie das ganze Geld hatte, war nicht mehr sehr schwer zu erraten. Mit großer Wahrscheinlichkeit hatte sie es, nachdem sie den reichen alleinstehenden Apotheker vergiftet hatte, an sich genommen. Niemand kam darauf, dass sie dahinter steckte, denn ihr vor Jahren verstorbener Ehemann war Polizeibeamter. So wurde nie gegen Corvinia ermittelt. Und plötzlich entdeckte Jenkins eine merkwürdige Textpassage in einer Familienchronik. Diese hatte die vermisste Tochter von Corvinia heimlich angelegt. Darin stand, dass einerseits sie die Tochter von Corvinia war und andererseits ihr Sohn im Hause des viele Jahre später angeschossenen jungen Mannes lebte. Demnach war dieser angeschossene junge Mann also ein Nachfahre von Tante Corvinia. Keine Frage, aber das Haus, in welchem er lebte, gehörte einst dieser Jane Andrews. Auch der verwitterte Grabstein unter dem dichten Gebüsch wies ja darauf hin. Durch den Mord an Jane und später auch am Apotheker konnte sich Corvinia nicht nur das Vermögen desselben an sich reißen. Nein, sie bemächtigte sich auch noch des Hauses von Jane. Doch wer war der Schütze, der auf den jungen Mann geschossen hatte? Die Antwort lag genau vor Jenkins in diversen Dokumenten der Stadt! Denn die ermordete Jane Andrews hatte einen Sohn, der von Beruf Advokat war. Der wiederum wusste von der Raffgier seiner Tante Corvinia und hatte sie oft heimlich beobachtet, wie sie giftige Kräuter im Wald sammelte. Aber auch Corvinia kam dahinter, wie er sie beobachtete. Vermutlich mit dem Gewehr ihres Mannes, der bekanntlich bei der Polizei war, erschoss sie ihn. Denn in der Leiche des Advokaten fand man die gleiche Munition, die auch das Gewehr von Tante Corvinias Mann benötigte. Aber auch hier war es wie einst bei Jane: es wurde nicht weiter ermittelt, weil schon erneut die Spuren eindeutig zu Corvinia tendierten. Es war nun der Geist des Sohnes von Jane Andrews, der noch einmal zurückgekehrt war, um sich am Nachfahren von Tante Corvinia grausam zu rächen. Er wollte ihn erschießen! Doch er traf den jungen Mann nur an der Schulter. Am Tatort aber fand sich seine schwarze Jacke, die niemandem zugeordnet werden konnte. Diese schwarze Jacke hatte ein Loch in der Herzgegend. An dieser Stelle trat damals die Kugel ein, die ihn selbst tödlich getroffen hatte. So wusste Jenkins, dass er es war, der auf dem Dach stand und geschossen hatte. Tage später fand er auch das Gewehr, mit welchem der Schütze auf den jungen Mann schoss. Es lag im dichten Gebüsch neben dem Grabstein von Jane Andrews. Und es war wie ein Fluch aus der Vergangenheit, denn das Gewehr des Schützen war das gleiche, mit welchem damals Tante Corvinia vermutlich Janes Sohn erschoss …

Entführt

Paul Franklyns Urlaub in Ägypten neigte sich so langsam dem Ende. Er hatte wirklich sehr viel gesehen und allerhand erlebt. Und er hatte gar nicht geahnt, wie fortgeschritten die alten Baumeister dieser bis heute rätselhaften Pyramiden waren. Besonders der sagenumwobene Pharao Chufu (Cheops) interessierte ihn sehr. Er hatte viel über den ägyptischen König gelesen und wusste sogar, wie dieser ungefähr ausgesehen haben musste. Deswegen war es ein unglaublich interessantes Erlebnis für ihn, diese Pyramide mit eigenen Augen gesehen zu haben. Bevor er wieder zurück nach Hause, nach Philadelphia reiste, wollte er noch ein schönes Geschenk für seine Mutter besorgen. Sie wäre sehr gern mit ihm geflogen, doch sie fühlte sich nicht sonderlich gut und musste daheim bleiben. Paul suchte lange nach einem passenden Geschenk. Er wusste zwar, worüber sie sich freuen würde, doch bei Schuhen und Bekleidung wäre eine vorherige Anprobe in jedem Falle besser. Als er an einem Schmuckgeschäft vorüber kam, wusste er sofort, was er ihr mitbringen könnte, einen Ring. Die Auswahl war wirklich riesig und Paul entschied sich für einen wunderschönen Smaragdring. Er wusste genau, dass sich seine Mutter über dieses Schmuckstück ganz besonders freuen würde. Sie besaß zwar bereits etliche Ringe, doch einen Smaragdring hatte sie noch nicht. Er kaufte das kostbare Stück und wollte ins Hotel zurückfahren. Unterwegs jedoch hatte das Taxi ganz plötzlich eine Panne. Der Taxifahrer zuckte nur hilflos mit den Schultern und Paul musste nun zusehen, wie er zum Hotel kam. Er befand sich ganz in der Nähe der riesigen Cheopspyramide. Wieso war der Fahrer eigentlich diesen Umweg gefahren? Zum weiteren Nachdenken kam er nicht mehr. Der Taxifahrer zog eine Waffe und forderte ihn auf, wieder ins Taxi zu steigen. Doch zuvor fesselte er Paul und nahm ihm den kostbaren Ring ab. Dann setzte er sich ins Fahrzeug und fuhr immer weiter ins Gelände hinaus. Paul schaute ängstlich aus dem Fenster und bemerkte, dass sie sich mehr und mehr der Cheopspyramide näherten. Wo brachte ihn der Räuber nur hin? Unmittelbar neben der Cheopspyramide hielt der Wagen. Nichts war zu sehen, nur ein merkwürdiger Sandhügel. Der Räuber brüllte Paul an: „Raus aus dem Wagen! Los beeil Dich ein bisschen, ich hab nicht ewig Zeit!" Paul hievte sich umständlich aus dem Wagen, bat den Räuber, den Strick um seine Hände etwas zu lockern. Doch der Gangster ließ sich nicht darauf ein und hörte vermutlich nicht einmal zu. Im Gegenteil, er fuhr Paul noch an, er möge ein bisschen schneller laufen. Vor dem Sandhügel blieben sie stehen und der Räuber schaufelte mit seinen Händen den Sand beiseite. Darunter befand sich eine Eisentür. Der Gangster stieß Paul in den dahinter befindlichen dunklen Raum. Dann knallte er die Eisentür wieder zu und Paul hörte nur noch das raschelnde Geräusch des Sandes, den der Gangster wieder über die Tür schüttete. Nun schien alles zu Ende zu sein. Denn wie sollte Paul aus diesem dunklen stickigen Loch wieder heraus kommen.

Lange musste er so gelegen haben, Sekunden, Minuten - ihm schien, als seien es Tage gewesen. Doch es war nur eine Stunde. Langsam wurde die Luft knapp und es war heiß, sehr heiß. Ihn quälte der Durst und er schwitzte fürchterlich. Er schimpfte vor sich hin, schrie schließlich laut um Hilfe.

Doch ihm war klar, dass das vollkommen umsonst war. Wer sollte ihn hier drin schon hören? Und wer sollte ihm zu Hilfe kommen? Auch sein Handy hatte ihm der Räuber sicherheitshalber abgenommen. In dieser ausweglosen Situation schien ein Gebet wohl eher angebracht als sinnlose Hilfeschreie. Kraftlos legte er sich zurück in den Sand. Er dachte an seinen schönen Urlaub, den er am nächsten Tag beenden wollte. Und er dachte an seine Mutter, die wohl schon auf seinen Anruf wartete. Doch noch schwerer war der Gedanke, dass sie wohl mit seinem Verlust niemals fertig werden würde. Plötzlich fuhr ein kühler Luftzug in den stickigen Bunker. Paul erschrak - wo kam das her? Hatte der Gangster vielleicht irgendwo ein Schlupfloch übersehen? Gab es vielleicht doch noch einen Ausweg? Paul kroch durch den Sand, stieß jedoch überall an steinerne Wände. Nein, es gab keinen Ausweg. Es war wohl doch nur eine Halluzination. Doch da war er wieder, dieser seltsame Luftzug. Diesmal war er viel stärker als eben noch. Paul verharrte in seiner Position und rührte sich nicht mehr von der Stelle. Zu kostbar erschienen ihm jetzt die Kraft und die wenige Energie, die noch in ihm war. Vielleicht brauchte er all das ja noch.

Und als ob irgendjemand diese Vermutung geahnt hätte, trat plötzlich ein greller Lichtstrahl durch die Wände. Er traf auf Paul und schien irgendetwas zu suchen. Das Licht tastete regelrecht Pauls Körper ab, bis es schließlich auf seine gefesselten Hände traf. Dort flammte es hell auf und Paul spürte einen heftigen Stich, dann fielen die Fesseln als verbannte Reste in den Sand. Paul konnte sich endlich wieder frei bewegen. Doch das war noch nicht alles.

Der Lichtstrahl brannte ein riesiges Loch in die Eisentür. Grelles Tageslicht fiel in den engen Bunker, dann fuhr ein heftiger Windstoß hinein und Paul konnte endlich wieder frei durchatmen. So schnell er konnte rannte er aus seinem Käfig.

Aber er kam nicht sehr weit. Denn draußen empfing ihn glühende Hitze. Es war Mittagszeit und die Pyramiden lagen in der prallen Sonne. Das Sonnenlicht blendete ihn und er hatte Mühe, etwas zu erkennen. Und ihm wurde klar, dass er vom Regen in die Traufe gekommen sein musste. Denn wie sollte er hier draußen einen schattigen Ort finden? Er würde über kurz oder lang verdursten und irgendwo leblos im Sand liegenbleiben. Da sah er nicht weit von sich entfernt das Taxi stehen, mit welchem er hierher gebracht wurde. Mit letzter Kraft schleppte er sich dorthin. Der Räuber lag bewusstlos daneben. Paul setzte sich hinters Steuer und welch Wunder, der Motor sprang an. Er zog den Räuber ins Auto und raste los, geradewegs in die Stadt zurück. Im Auto lag sogar noch der Ring, den der Gangster in seiner Hektik wohl auf den Beifahrersitz geworfen hatte. Schnell steckte Paul den Ring in seine Hosentasche und fuhr geradewegs zu einem Krankenhaus. In allerletzter Sekunde konnte der Räuber noch gerettet werden. Doch als die Polizei im Krankenhaus erschien, glaubte Paul schon, man würde ihn nun für den Räuber halten. Doch die Polizei kümmerte sich um den wahren Gangster. Paul erfuhr, dass es sich bei dem vermeintlichen Taxifahrer um einen lange gesuchten Dieb handelte. Als es ihm wieder etwas besser ging, wurde er in ein Gefängniskrankenhaus gebracht. Paul meldete sich bei seiner Mutter, die glücklicherweise nichts von seiner Entführung ahnte. Am nächsten Tag flog er in die USA zurück. Unterwegs im Flugzeug dachte er noch einmal über diese unfassbare Sache nach. Er konnte sich wirklich nicht erklären, woher dieser Lichtstrahl, der ihn befreit hatte, kam. Doch als seine Maschine die Pyramiden noch einmal überquerte, fuhr plötzlich ein Lichtstrahl aus der Spitze der Cheops - Pyramide bis hin vor Pauls Fenster und das Gesicht, vermutlich des alten Pharao Chufu lächelte ihn für eine Sekunde an, bevor es schließlich verschwand...

Feuersbrunst

Ach, es war herrlich dort oben in den Hollywood Hills. Ich war zu Gast bei einem befreundeten Schauspieler, der mir für einige Tage sein Wochenendhaus zur Verfügung gestellt hatte. Allein schon die Fahrt in diese wunderschöne Gegend war ein Erlebnis. Und es sollten wirklich abenteuerliche Sommertage werden. Das Wochenendhaus lud zwar zum tagelangen Faulenzen ein, doch die Natur und diese malerische Gegend zwangen mich regelrecht dazu, hinaus zu gehen. Jeden Tag unternahm ich deswegen ausgedehnte Spaziergänge und fand ständig neue High Lights. Allerdings hatte diese sommerliche Hitze einen entscheidenden Nachteil: ab und an entluden sich schwere Gewitter. Eines sollte ich selbst erleben. Und das blieb nicht ganz ohne Folgen. Schon gegen Mittag zogen von Westen her dunkle Wolken auf. Eigentlich wollte ich an diesem Tag noch hinaus, um einen neuen Weg auszukundschaften, den ich noch nicht kannte.

Doch ich wusste nicht, ob ich das noch schaffen würde. Deswegen ließ ich es und legte mich ein wenig auf die Terrasse. Das Gewitter jedoch kam rasch näher und entlud sich mit ganzer Kraft. Es blitzte und donnerte, dass mir Hören und Sehen verging. Solch eine Heftigkeit hatte ich nicht erwartet. Andererseits hätte mir klar sein müssen, dass diese lang anhaltende Hitze und Trockenheit eine solche Entladung nach sich zog. Ich sprang aus dem Liegestuhl und rettete mich vor dem einsetzenden Hagelschauer ins Haus. Der Hagelschauer war nur sehr kurz, aber dafür sehr intensiv. Trotzdem wurde es schnell wieder unerträglich schwül und mein Shirt klebte auf meiner Haut. Ich zog es aus und hörte, wie das Gewitter erneut lautstark zuschlug. Grelle Blitze zuckten ohne Unterlass vom pechschwarzen Himmel und tauchten die Gegend in ein merkwürdiges Licht. Das Flackern machte mich ganz nervös. Doch es wurde noch viel sonderbarer. Denn irgendwie hatte ich den Eindruck, dass es verbrannt roch. Zunächst schob ich es auf den Kamin im Haus, der zwar außer Betrieb war, dessen Gase sich aber vermutlich wegen des Tiefdruckgebietes überall im Haus verteilten.

Ich kontrollierte dennoch den Kamin, aber von dort kam dieser Geruch nicht. Immer stärker wurde der stechende Geruch. Ich konnte einfach nicht ausmachen, von woher das kam. Als ich auf die Terrasse schaute, erkannte ich die Gefahr. Irgendwann musste ein Blitz in einen Baum geschlagen sein, der schließlich Feuer gefangen hatte. Er brannte lichterloh und hatte bereits auf das Nachbargrundstück übergegriffen. Da das dortige Haus hinter den Bäumen nicht zu sehen war, wollte ich die Feuerwehr anrufen, um dort bescheid zu sagen. Doch die Telefonleitung war gestört. Ich bekam keine Verbindung. Es half nichts, ich musste selbst hinaus, um die Feuerwehr zu alarmieren.

Doch als ich die Tür öffnete, um zu meinem Wagen zu gehen, der in der Einfahrt stand, schlug mir dichter stechender qualm entgegen. Die Wiese vorm Haus stand auch schon in Flammen. Total verängstigt wusste ich mir keinen Rat mehr. Aber ich durfte keinesfalls den Kopf verlieren, das war mir klar. Ich suchte nach Feuerlöschern. Aber im Haus fand ich keinen. Mehr und mehr hatte ich das unerträgliche Gefühl, dass ich in der Falle saß. Vor jedem Fenster, hinter welchem ich mich aufhielt, züngelten meterhohe Flammen, die drohten, jederzeit das Haus in sich zu verschlingen. Ich schloss bereits mit meinem Leben ab und schickte dutzende Gebete zum Himmel. Aber die immer stärker werdende Hitze und der dicke Qualm versetzten mich regelrecht in Todesängste. Verzweifelt versuchte ich mich, in den Keller zu retten. Ich rannte hinunter und schloss mich in dem kleinen dunklen Kellerraum ein. Jetzt konnte mich wirklich nur noch ein Wunder retten. Ich legte mich auf eine Liege, die an der Wand neben einigen Konservendosen herumstand. Kaum lag ich dort, zog mein Leben wie ein Film an mir vorbei. War das so, wenn man kurz davor stand, möglicherweise sein Leben zu verlieren? Eine Ewigkeit musste ich dort gelegen haben, als es plötzlich laut gegen die Tür schlug. Erschrocken fuhr ich zusammen. War das Feuer bereits vor der Tür? Doch das Schlagen war nur kurz. Wenn das Feuer wirklich dort draußen war, würde es ganz sicher nicht mehr aufhören mit Rumoren. Ich schlich mich zur Tür und horchte. Draußen war es still. Nur ein Knistern drang an mein Ohr. Was war das nur? Sollte ich die Tür öffnen? Was, wenn mich ein Blitz träfe oder mich die Flammen verbrannten? Da es ohnehin egal war, auf welche Weise ich ums Leben kommen könnte, schloss ich die Tür

auf und öffnete sie. Doch dort draußen war weder ein Feuer noch ein Blitz - vor der Tür stand ein Feuerwehrmann. Der schaute mich besorgt an und sagte dann: „Gott sei dank, Ihnen fehlt nichts. Geht es Ihnen gut?"
Ich nickte ungläubig, dachte aber gleichzeitig an das Haus über mir.
Stand es noch oder hatten es die Flammen in Schutt und Asche gelegt? Der Feuerwehrmann drückte mir eine Wasserflasche in die Hand und bat mich, zu trinken. Dann sagte er: „Wir konnten das Feuer löschen. Leider ist das Nachbargrundstück vollkommen abgebrannt. Seltsamerweise wurde dieses Haus verschont. Als wir niemanden vorfanden, obwohl ein Wagen in der Einfahrt stand, durchsuchten das Haus und kamen schließlich zu Ihnen in den Keller."
Ungläubig lief ich mit dem Feuerwehrmann die Treppe nach oben. Auf der Terrasse sah ich, wie das Feuer gewütet hatte. Rings um das Haus hatte es die Wiesen verbrannt und die Bäume vernichtet. Das Nachbarhaus konnte ich nun genau sehen. Beziehungsweise die heruntergebrannte Ruine dieses Hauses. Ich war vollkommen durcheinander. Nichts sah mehr so aus, wie noch vor Stunden. Ich war außer mir und konnte gar nicht fassen, wie schnell so ein Feuer alles vernich-

ten konnte. Aber noch viel verrückter und unfassbarer war, dass dieses Haus nahezu unbeschädigt blieb. Nur ein paar schwarze Rußspuren, die aber nicht der Rede wert waren, konnte ich an der Fassade feststellen. Wie konnte so etwas nur möglich sein? Gegen Abend rief mich mein Freund, der Schauspieler an. Der wunderte sich gar nicht über meine Hiobsbotschaft von dem Feuer. Er meinte, dass so etwas öfter in dieser Gegend passierte. Alle seinen jedoch sehr gut versichert und bald wäre die Gegend wieder hergestellt. Ich war erleichtert, dass er das Ganze nicht so dramatisch sah. Aber noch erleichterter war ich, dass ich noch lebte und dem Haus nichts geschehen war. Dennoch wollte ich abreisen und packte meine Reisetasche. Am nächsten Tag wollte ich mit der ersten Maschine nach Hause fliegen. Als ich mir in der Küche noch einen Schlummertrunk zubereiten wollte, fiel mir eine schmale Tür auf, die ich bisher nicht zur Kenntnis genommen hatte. Verbarg sich dahinter noch ein Raum, den ich nicht auf eventuelle Schäden kontrolliert hatte? Ich drückte die Klinke und die Tür ließ sich ohne Schwierigkeiten öffnen. Dahinter führte eine schmale Treppe nach oben. Vorsichtig und Schritt für Schritt stieg ich die Treppe hinauf, bis ich erneut vor einer Tür stand. Ich öffnete sie und fand mich auf einer Art Dachboden wieder. Es war sehr niedrig dort und ich musste meinen Kopf einziehen, um überhaupt dort stehen zu können. Als ich mich im Halbdunkel des Raumes umschaute glaubte ich, meinen Augen nicht zu trauen. Allerdings ahnte ich nun, warum das Haus von den Flammen verschont wurde. Überall im Raum standen mannshohe weiße Engelsfiguren und lachten mich an …

Falsch verbunden

Der dreizehnjährige Frank wollte so gern ein großer Sportler werden. Beinahe jeden Tag trainierte es in der Sporthalle seines Trainingsclubs. Und es sah auch beinahe so aus, als ob er sich auf dem rechten Weg befand. Schon viele Siege kassierte er und jeder wusste, dass so schnell wie er niemand die hundert Meter rennen konnte. Nur einer hielt es vor Neid kaum noch aus, der gleichaltrige Kevin. Der war auch sehr gut und trainierte viel. Und er brachte ebenfalls etliche Preise nach Hause. Doch bei allem Erfolg wusste er genau, dass Frank einfach stärker war als er. Irgendwann hielt er es einfach nicht mehr aus. Wieder einmal musste er sich mit dem zweiten Platz nach einem Hundert-Meter-Lauf begnügen. Gesiegt hatte Frank, wie immer. Im Duschraum des Trainingsclubs kam Kevin eine Idee. Das einzige, was wirklich half war, Frank so schnell als möglich lahm zu legen. Er durfte einfach keine Gefahr mehr für ihn sein. Nur, auf welche Weise konnte er Frank schaden?

Würde er ihn verleumden und bei den anderen Sportlern verspotten, würde man am Ende ihn selbst verurteilen. Denn jeder wusste, wie geradlinig und unkompliziert Frank war. Es musste etwas anderes sein. Lange dachte Kevin nach und bemerkte gar nicht, dass die Umkleidekabine von außen verschlossen wurde. Gerade wollte er sich ärgern, da fand er es plötzlich gar nicht mehr so schlecht, eingeschlossen zu werden. Denn er wusste, dass er durch ein Kellerfenster hinausklettern konnte. Er trocknete sich ab und zog sich an. Dann setzte er sich auf einen herumstehenden Stuhl und überlegte. Dabei schaute er sich im Umkleideraum um. Seine Blicke stoppten an Franks Trainingsanzug. Was wäre, wenn er Frank heimlich Tabletten in die Hosentasche stecken würde? Dann brauchte nur noch der Trainer diskret informiert werden und Frank hingestellt werden, als ob er dopte. Dann wäre es sofort aus mit ihm!
Kevin fand diese üble Idee wunderbar. Auf diese Weise könnte er sich für immer des lästigen Konkurrenten entledigen. Er wusste, dass sein kleiner Bruder Ben schon einmal XTC-Tabletten mit heimgebracht hatte. Natürlich wussten die Eltern nichts davon und Kevin hatte dicht gehalten. So hatte er seinen

kleinen Bruder stets in der Hand. Jetzt brauchte er ihn und seine Tabletten. Ben hatte sie ohnehin nie genommen. Als Kevin zu Hause war, stellte er Ben zur Rede. Nachdem Kevin ihn erpresste, alles den Eltern zu beichten, holte Ben mürrisch den Beutel mit den Pillen und gab sie Kevin. Der hatte nichts Besseres zu tun als noch am selben Abend in den Trainingsclub zu gehen und heimlich den Pillenbeutel in Franks Hosentasche seiner Trainingshose zu kippen. Dann kletterte er durchs Kellerfenster wieder hinaus und freute sich diebisch auf den nächsten Trainingstag. Doch zuvor wollte er mit einem fingierten Anruf den Trainer auf die Pillen in Franks Trainingsanzug hinweisen. Mit verstellter Stimme rief er von einem Münzfernsprecher aus den Trainer an. Nach dieser miesen Tat fühlte er sich großartig. Nun brauchte er nur noch zu zusehen, wie Frank aus dem Trainingsclub geworfen wurde. Zufrieden legte er sich Zuhause in sein Bett und schlief schließlich genüsslich ein.

Am nächsten Tag begann das Training schon sehr zeitig. Aber es war ganz seltsam- der Trainer reagierte gar nicht so, wie es sich Kevin erhofft hatte. Weder nahm er sich Frank vor noch warf er ihn wegen Drogen-

besitzes aus dem Club. Ganz im Gegenteil, er rief laut nach Kevin. Der sollte sofort in sein Büro kommen, weil er sich dringend mit ihm unterhalten musste. Kevin folgte dem Trainer ins Büro und dort warteten bereits zwei Polizeibeamte.
Die schauten Kevin mit großen Augen an und warfen ihm mehr als vorwurfsvolle Blicke zu.
Dann nahmen alle Platz und was der Trainer dann sagte, schockierte Kevin zutiefst.
„Du siehst Kevin, dass die Polizei hier ist.", begann der Trainer, „Ich denke, Du weißt, warum die Beamten hier sind?"
Kevin zuckte ungläubig mit den Schultern. Er konnte sich noch immer nicht vorstellen, was da geschehen war. Einer der Beamten ergriff das Wort und was er sagte, hörte sich gar nicht mehr so nett an: „Wir haben gestern Abend einen Anruf auf der Dienststelle erhalten. Da wurde mit verstellter Stimme ein Drogendelikt gemeldet. Der Anrufer hatte leider vergessen, dass bei uns alle Anrufe aufgezeichnet werden und die Nummer zusätzlich angezeigt wird. Die Spur führte eindeutig zu Ihnen."
Damit deutete der Beamte auf Kevin. Der wollte zwar noch leugnen, doch der Trainer fiel ihm ins Wort: „Leider waren die Beam-

ten bereits bei Dir Zuhause Kevin. Sie konfrontierten Deinen Bruder Ben mit diesen Dingen. Der kippte sofort um und gestand, dass er Dir den Beutel mit den XTC-Pillen gegeben hatte. Was sagst Du nun dazu? Da bleibt wirklich niemand weiter übrig als Du, der Frank die Tabletten in die Trainingshose gesteckt hat, oder?"
Kevin sah es ein. Es hatte wirklich keinen Zweck mehr zu lügen. Und so gab er alles zu. Nun war er es selbst, der aus dem Trainingsclub geworfen wurde. Lange haderte er mit sich- wie konnte er nur die Telefonnummer der Polizei wählen? Waren sich die Nummern wirklich so ähnlich, dass er sich so leicht verwählen konnte? Als er Frank schließlich auf dem Flur vor dem Büro des Trainers erblickte, wollte er sich schnellstens aus dem Staube machen.
Doch Frank hielt ihn auf und fragte ihn, warum er das getan hatte. Er hätte sich nie so etwas gegen Kevin einfallen lassen. „Wir waren doch Freunde!", beschwor er Kevin. Doch der rannte kopflos aus dem Clubgebäude. Zuhause musste er auch seinen Eltern alles gestehen. Die konnten es ebenfalls nicht fassen, dass ihr Sohn Kevin zu solch einer blöden Tat fähig war. Und Kevin wusste genau, dass er nur hätte mehr trainieren müs-

sen, um besser als Frank zu werden. Doch die Gier nach Ruhm und Anerkennung hatten ihm die Sinne vernebelt. Auch sein kleiner Bruder Ben war stocksauer. Denn Kevin hatte nicht nur Frank bitter enttäuscht, er hatte auch Ben in arge Schwierigkeiten gebracht. Kevin, der seinen schlimmen Fehler längst bereute, sagte ärgerlich und reuevoll zu seiner Mutter: „Ich hätte gestern Abend nicht telefonieren sollen, da wäre das alles gar nicht so weit gekommen!"
Seine Mutter aber schaute ihn plötzlich so seltsam an. Dann meinte sie verwundert: „Wieso telefonieren? Unser Telefonanschluss funktionierte gestern den ganzen Tag über wegen Bauarbeiten an der Leitung nicht ..."

Der Traum

Mit den Jahren lebt es sich schlecht in einer Mülltonne. Es ist zu eng und es riecht auch nicht sehr gut. Deswegen zog Keith um, und zwar in eine Wellblechhütte am Stadtrand, unten am Fluss. Zwar war's dort sehr kalt und auch nicht gerade gemütlich, doch er war dort für sich allein und genoss die Natur um sich herum. Keiner war da, der ihn störte und so verging ein Tag nach dem anderen. Tagsüber verdiente er sich mit Betteln ein paar Dollar und abends zog er sich in die kleine Hütte unter einer alten Trauerweide zurück. Dort träumte er von einem Leben in einem wunderschönen Haus an einem See. Er sah sich, wie er mit einer langen schwarzen Limousine die lange Kieselsteinauffahrt bis vor die marmorne Eingangstreppe seiner Villa gefahren wurde und in einem weißen Anzug in die Eingangshalle schritt. Ach, was war das nur für ein wundervoller Traum. Doch er wusste, dass er diesen Traum nur träumen konnte. Um ihn aber jemals zu erleben, fehlte ihm das nötige Geld. Und so gab er sich zufrieden mit seinem Leben wie es war. Was sollte er auch mit all diesem Luxus anfangen, wenn er dafür seinen Fluss und den morgendlichen Duft nach frischen Blumen und Gräsern hingeben sollte? Das Rauschen des dahinströmenden Flusses und die Abgeschiedenheit unter dieser Trauerweide liebte er wohl doch mehr als diese Villa, irgendwo in Beverly-Hills. Auch fand er es viel schöner, nur von solch einer fremden Welt zu träumen, als diese dann auch wirklich zu besitzen. War das nicht viel zu viel, was ein Mensch besitzen durfte? Gehörten einem Menschen nicht nur dieses eine bescheidene Leben und die Seele, die ihn weinen und auch manchmal lachen ließ? Gehörte einem nicht nur das eigene Herz, dass stetig in der Brust schlug? Und gehörte einem nicht nur die Gesundheit, die man hatte oder auch nicht? Er spürte, wie der kühle Wind mit seinen zerzausten Haaren spielte. Und er fühlte sich in diesem Augenblick so unendlich frei. Diese Freiheit wollte er mit nichts auf dieser Welt tauschen. Dennoch könnte er schon ein ganz klein wenig mehr Geld gebrauchen. Aber wer würde schon einen Bettler einstellen? Wer würde sich mit einem, wie er es war, abgeben? Nein, er wollte all das nicmals mehr hergeben. Die Sonne schien doch auch für ihn. Und deswegen war es überall gleich hell, so dachte er sich. Er brauchte halt nicht mehr. War das schon Glück? Eines Abends saß er noch lange am Fluss und zählte die Sterne, die hoch oben am Firmament beinahe unmerklich ihre Bahnen zogen. Dazwischen schickte der Mond ein Lächeln zu ihm hinab und er dachte in diesem Moment an gar nichts. Er lauschte nur dieser einzigartigen Stille und spielte mit den Fingern im Wasser des Flusses. Da spürte er, wie ihn etwas am Zeigefinger krabbelte. Er zog den Finger aus dem Wasser und betrachtete ihn. Doch es war nichts daran zu sehen, was hätte krabbeln können. Dafür streckte ein kleines Fischlein sein Köpfchen aus dem Wasser und schaute neugierig zu ihm herüber. Keith wunderte sich über den eigenartigen Fisch, denn er hatte noch nie einen Fisch gesehen, der ihn so interessiert anschaute. Plötzlich begann der Fisch leise zu ihm zu sprechen: „Woran denkst Du in dieser sternenklaren Nacht? Hast Du vielleicht Sorgen?" Keith staunte, dass dieser merkwürdige Fisch sogar sprechen konnte. Sollte er ihm antworten oder bildete er sich diesen Fisch einfach nur ein? „Was soll's!", dachte er sich dann, „Ist doch schön, wenn er nun sogar einen Gesprächs-

partner hätte." Und er antwortete dem Fisch: „Nein, ich habe keine Sorgen. Ich habe Ruhe, meine Hütte, Wasser, frische Luft und ein wenig zu essen und zu trinken. Was will ich mehr. Ich glaube, ich bin glücklich!"
Das Fischlein wiegte sein kleines Köpfchen im Wasser hin und her, so dass es spritzte und schien sich zu freuen. Dann sprach es: „Das ist schön, dass Du glücklich bist. Aber ich spüre, dass Du doch gern ein anderes Leben hättest. Eines mit einer großen Villa in Beverly-Hills und einer großen langen Limousine und so richtig viel Geld auf dem Konto. Ich kann Dir all das geben, wenn Du es haben willst. Du brauchst nur „Ja" zu sagen, dann bist Du morgen ein reicher Mann. Aber überlege es Dir gut, denn wenn es Deine Herzensentscheidung ist, gibt es kein Zurück mehr aus dieser Welt, die Du dann bewohnst. Morgen Abend komme ich wieder hierher und dann sage mir, wofür du Dich entschieden hast."
Mit diesen letzten Worten sprang das Fischlein noch einmal hoch und plumpste dann zurück ins Wasser, in dessen Untiefen es schließlich verschwand. Keith glaubte, sich verhört zu haben. Dieses kleine Fischlein kannte seine geheimsten Träume, wusste von seinen Gedanken. Das kam ihm schon

sehr komisch vor. Doch er wusste, dass er all das wirklich immer gewollt hatte: diese Villa, diese Limousine, das viele Geld. Aber dass das Fischlein keine Gegenleistung dafür von ihm wollte, fand er schon sehr merkwürdig. Trotzdem entschied er sich, am nächsten Abend auf jeden Fall „JA" zu dem Fischchen zu sagen. Dann wäre er alle Sorgen los. Und er könnte dann endlich so leben, wie er es immer wollte. Ach, davon hatte er in all den kalten Nächten in seiner winzigen Blechhütte stets geträumt. So sollte es also nun werden. Am folgenden Abend erschien das Fischlein erneut vor ihm im Fluss und Keith sollte ihm nun seine Entscheidung mitteilen. Keith musste wirklich nicht lange überlegen, er sagte einfach und laut hörbar: „Ja"
Und als ob seine Worte Zauberkräfte besäßen, lag er plötzlich in einem breiten weichen Seidenbett. Und wohin er auch blickte, entdeckte er die kostbarsten Dinge, wertvolle Stilmöbel und riesige Fensterscheiben vor denen die kostbarsten Gardinen hingen. Und vor ihm auf einem weißen Marmortisch lag ein geöffneter Lederkoffer, der über und über mit Dollarnoten gespickt war. Was für ein unfassbarer Anblick. Er stand auf und schritt durch den Raum. Kein Zweifel, dass musste die Erfüllung seines Wunsches, all

seiner Träume sein. Das Fischlein hatte nicht gelogen. Er war ein reicher Mann und besaß dieses wundervolle riesige Haus, und das unglaublich viele Geld auf dem Tischchen dort. Ja, so sollte es immer sein. Jetzt konnte er sich alles kaufen und tun und lassen, was er auch immer wollte. Jetzt schien er endlich ein gemachter Mann zu sein! Als er die breite Marmortreppe vor seiner Villa in den riesigen, mit unzähligen der allerschönsten Blumen bestückten Garten hinab schritt, fühlte er sich fast schon wie ein König. Was für ein märchenhafter Traum, was für eine Sinfonie der Sinne. Er konnte sich nicht satt sehen an all diesem Luxus. Ja, jetzt fühlte er sich glücklich! Nun war er wirklich glücklich! An der Straße vor der Kieselsteinauffahrt zu seiner Villa las er ein grünes Schild: Beverly-Hills. Nun war er auch am Ort seiner Träume angekommen. Dennoch verstand er nicht, dass dieses kleine Fischlein so mächtig sein konnte, ihm all diese Wunder zu ermöglichen. Und was nur mochte es wohl als Gegenleistung von ihm wollen? Jeden Tag lebte Keith fortan in Wohlstand und in Reichtum und dachte, dass dieses luxuriöse Leben nun ewig so weiter gehen würde, wo man Träume sofort erfüllen konnte und deswegen auch keine mehr haben musste. An einem regnerischen Novembertag allerdings schien sich alles wenden. Schon am Morgen, als er erwachte, fühlte er sich schlecht und irgendwie unausgeschlafen. Längst schon hatte er keine Träume mehr und auch im Spiegel schien irgendetwas zu fehlen Es war sein Lachen, welches ihn jeden Morgen den jungen Tag beginnen ließ und ihm den nötigen Schwung und die Lust auf das Leben gab. Wo war es nur hin, dieses Lachen, welches einst zu ihm gehörte, wie sein Name und seine Seele? Es schien, als sei all das vor ihm und vor all diesem Reichtum um ihn herum geflohen. Auch zwickte es hier und schmerzte es dort. Er hatte Kopfschmerzen und konnte sich kaum noch fortbewegen. Und plötzlich spürte er es: er war nicht mehr glücklich! Selbstgerecht und mürrisch schlich er durch seine Millionenvilla und stieg in seine lange schwarze Luxuslimousine. Doch wohin sollte er fahren? In irgend so ein teures Restaurant, wo man nicht einmal richtig satt würde oder zu den anderen vermeintlichen Freunden, die ihm Ihre verlogenen Huldigungen schon ausgesprochen hatten? Wollte er wirklich dorthin? Nein, ihn trieb es ganz woanders hin, und er erinnerte sich an die Zeit in seiner alten Wellblechhütte dort unten am Fluss, bei der alten Trauerweide.

Ach, dort wollte er wieder sein. Und er ließ die Limousine stehen, holte seinen alten Rucksack und packte die nötigsten Sachen dort hinein. Dann nahm er sich ein Bündel des Geldes aus dem teuren Lederkoffer und machte sich auf den Weg. Er drehte sich nicht einmal mehr um, als er die Marmortreppe der Villa hinab lief. Der Regen fiel ihm ins Gesicht und durchnässte ihn bis auf die Haut.
Doch was machte das schon aus, wenn er nur wieder er selbst sein durfte und seinen geliebten Fluss sehen konnte. Es dauerte sehr lange, bis er endlich die Stelle wiederfand, wo er einst gelebt hatte: die vergessene Stelle am dahinplätschernden Fluss, dort unter der alten Trauerweide. Sogar die verfallene, schiefe Wellblechhütte stand noch da. Und er atmete diesen würzig frischen Duft nach Leben tief in sich ein. Doch was war das?
Irgendetwas pochte da munter vor sich hin. Es war das, was er seit Monaten nicht gespürt hatte, es war sein Herz. Er konnte es wieder fühlen - es schlug voller Freude und voller Lust vor sich hin. Das rauschen des Flusses beflügelte seinen Geist und er setzte sich ins feuchte Gras am Ufer. Schließlich wurde es Abend und er schaute in die Sterne, die wie früher gemächlich ihre Bahnen

dort oben am Firmament zogen. Ja, jetzt wusste er es, was er eigentlich wollte. Er brauchte nicht diese teure Villa, diese lange Luxuslimousine und auch nicht das viele Geld. Nein, was er brauchte, war gar nicht viel: nur ein bisschen Luft zum Atmen, ein bisschen Wasser zum Waschen und zum trinken und ein bisschen Einsamkeit zum Leben und zum Träumen. Ja, das allein war es, was er wollte. Und nun begriff er, was es hieß, wirklich glücklich zu sein. Glück ist Leben- nicht mehr, aber auch nicht weniger! Ein merkwürdiges Plätschern genau vor ihm holte ihn aus seinen Gedanken zurück. Da sah er das kleine Fischlein, welches neugierig sein kleines Köpfchen aus dem Wasser hielt und ihn interessiert beobachtete. Und es sprach leise zu ihm: „Und, wie ist es Dir ergangen? Hast Du Dein Glück gefunden? Die Villa, die Luxuslimousine, das viele Geld? Ist nun alles so, wie Du es wolltest? Oder möchtest Du doch wieder zurück in diese Einsamkeit und dieses einfache Leben, wie Du es schon kanntest?" Keith schaute hinunter zu dem kleinen Fischchen und lächelte zufrieden. Dann sagte er: „Weißt Du, ich habe gemerkt, dass ich all diesen Reichtum gar nicht brauche. Denn ich hatte etwas verloren, was ich hier draußen immer hatte, das nichts kos-

tete und das mich dennoch zufrieden sein ließ, das wahre Glück! Ich möchte nichts anderes. Ich will nun wieder hier sein. Es sei denn, dass es noch möglich ist. Denn Du sagtest doch, dass ich mich nur einmal entscheiden darf."
Das Fischlein nickte mit seinem winzigen Köpfchen und sagte schließlich: „Das mag wohl so gewesen sein. Aber Du hast Dich auch nur einmal entschieden, und zwar jetzt, in dieser Minute. Dies war die wirkliche Entscheidung Deines Lebens, die Du getroffen hast. Sie kam von Deinem Herzen und aus Deiner Seele und so soll es sein. Du hast Dein Glück soeben gefunden. Hier am Fluss in Deiner Hütte unter der alten Trauerweide. Es ist schön, dass Du auf Dein Herz gehört hast und nicht auf das, was Du anderen zeigen wolltest. Bewahre es Dir und denke immer daran: das Glück ist nicht, immer noch reicher zu werden. Das Glück ist das Leben, die Natur und die Freude, die man bei deren Anblick genießt, genießen darf. Nutze das, so lange Du es kannst. Doch nun muss ich weiter schwimmen. Ich wünsche Dir alles Gute."
Mit einem großen Sprung an Keiths Nase vorbei tauchte das Fischlein in seine Welt hinab und ward nicht wieder gesehen. Keith

jedoch atmete tief ein und war froh, dass er eine richtige Entscheidung getroffen hatte. Beinahe hätte er sein Glück gegen den Reichtum und das Geld eingetauscht. Und er ahnte, dass das die Gegenleistung für das Fischchen war. Nein, das wollte er nicht. Er hatte ja nun auch ein wenig Geld, welches er sich aus dem Lederkoffer genommen hatte- damit würde er schon über die Runden kommen. Und er hatte noch etwas viel Wertvolles aus dieser Episode mitgenommen: niemals das wirkliche Glück gegen Geld und Reichtum auszutauschen. Man vergisst sonst zu leben. Denn das ist es was zählt, das Leben! Das ist der wahre Traum vom Glück!

Die Madonna

Friedlich lag das kleine Dorf am Rande des Gebirges und träumte wie an jedem Tage einsam vor sich hin. Semi hatte an diesem Tage nicht viel zu tun. Er wollte eigentlich noch einmal hinauf in die Berge, um sich nach Kräutern umzusehen, die er unten im Dorf nicht fand. Seit dem Tode seiner geliebten Frau Sarah vor drei Jahren musste er zusehen, wie er sich über Wasser hielt. Das Geld war knapp und die Schulden groß. Und da er in dem kleinen Dorf keine Arbeit fand, musste er sich eben mit Kräutersammeln behelfen. So lief er los und hatte alsbald die kleine Berghütte am Wald erreicht. Jedes Mal, wenn er diesen Weg lief, legte er diese Rast in der Berghütte ein. Dort gab es eine Feuerstelle und dort stand auch eine kleine Madonna am Fenster, bei welcher er immer niederkniete und seine Gebete zum Himmel schickte. Als er die Tür zur Hütte aufschloss, kam ihm irgendetwas anders vor als sonst. Er konnte es sich nicht erklären aber er fand, dass die Madonna nicht am rechten Fleck stand. Zwar befand sie sich wie immer auf der kleinen Fensterbank, doch irgendjemand musste sie verrückt haben. Da er sonst keine weiteren Veränderungen bemerkte, legte er sich auf die schmale Liege am Kamin und döste vor sich hin. Langsam wurde es kalt und so ging er nach draußen, um sich einige Holzscheite zu holen. Damit wollte er den Kamin beheizen, denn er hatte nicht vor, noch am Abend durch die ungemütlichen Bergwälder zu ziehen. Er heizte kräftig ein und als es draußen dunkel wurde, war es in der Hütte gemütlich und warm. Viele Dinge gingen ihm durch den Kopf: das wenige Geld und das Haus, welches dringend repariert werden müsste. Doch er wusste, dass er weder einen Kredit von irgendeiner Bank bekommen würde, noch eine Möglichkeit hatte, auf andere Weise zu Geld zu kommen. Es blieb ihm also nichts weiter übrig, als das Haus allein zu renovieren und die Stellen, die am schlimmsten aussahen, zu reparieren. Als er seine Lage so überdachte, kniete er sich vor die kleine Madonna und faltete seine Hände zum Gebet. Er hielt den Kopf gesenkt und konnte so zunächst nicht sehen, was sich wenige Zentimeter über seinem Kopf ereig-

nete. Die Madonna hatte plötzlich rote Tropfen auf den Wangen. Sie liefen ihr wie Tränen übers Gesicht und tropften schließlich auf Semis Kopf. Der wischte sich die vermeintlichen Tränen ab, schaute sich jedoch seine Hände an und erschrak fürchterlich. Er sah seine blutig roten Hände und schaute zur Madonna hinauf. Als er ihre roten Tränen erblickte, fiel er auf die Knie zurück und betete einen Psalm nach dem anderen. Er war regelrecht außer sich, konnte nicht fassen, was er da erlebte. Und er dankte Gott, dem Herrn, für diese Gnade, dieses Wunder sehen zu dürfen. Aber seine Gebete schienen ungehört, denn plötzlich erhob sich draußen vor der Hütte ein heftiger Orkan und drückte die Scheiben der winzigen Fenster ein. Krachend fuhr der Sturm in die kleine Hütte und verwüstete die Einrichtung. Und als ob das nicht schon furchterregend genug war, löschte er das Feuer im Kamin und pfiff bedrohlich um Semis Kopf. Der umklammerte vor lauter Angst die Madonna und wollte sie vor dem Sturm bewahren. Doch da verwandelte sich die kleine Figur in einen Eisklumpen vor seinen Augen.
Semi ließ sofort von ihr ab und versteckte sich hinter dem Kamin. Was er dann sah, ließ ihm das Blut in den Adern gefrieren. Die

Madonnenfigur wuchs aus sich heraus und verwandelte sich in einen grauenvollen schwarzen Geist mit feuerroten Augen. Zischend schwebte der Geist vor dem Kamin und hauchte schrill mit seinem eisigen Atem: „Du gehörst nun mir! Ich werde Deine Seele nehmen, wie ich alle Seelen aus Deinem Dorf holen werde. Jetzt gehört Ihr alle mir!"
Eiszapfen hingen auf dem entsetzlich entstellten Schlund des gruseligen Monsters und fielen krachend auf den Holzboden der Hütte. Semi konnte nicht glauben, was er da sah. Seine geliebte Madonna schien keine Madonna zu sein! Offenbar war sie der Leibhaftige, der Teufel! Nun schien alles vorbei und er glaubte bereits, dass ihn der Teufel mit sich nähme.

Immer näher kam die grauenvolle Gestalt und Semi trat einen Schritt nach hinten! Plötzlich stieß er an etwas hartes, beinahe hätte er es umgestoßen! Erschrocken fuhr er herum und glaubte erneut, seinen Augen nicht zu trauen. Hinter ihm stand tatsächlich eine zweite Madonnenfigur.

Offenbar war das die richtige. Irgendjemand musste die falsche auf die Fensterbank gestellt haben. Nur wer? Um den Hals der echten Madonna hinter ihm hatte jemand eine goldene Kreuzkette gelegt. Semi war schon

alles egal. Er nahm die Madonna in seine Hände und streckte sie dem Teufel entgegen. Zunächst lachte der laut und es hörte sich an, als ob er sich lustig machen wollte, dass Semi die Madonna in die Luft reckte. Doch als Semi die Figur nicht mehr herunter nahm und sogar einen Schritt auf den Teufel zutat, knisterte es plötzlich laut. Die Madonna in Semis Hand glühte, doch es war eine angenehme Wärme, die durch Semis Hände zog. Sie zog bis in sein Herz und verband sich mit Semis Seele. Gemeinsam setzten die beiden ihre ganze Energie gegen die des Teufels. Und da geschah etwas, dass Semi wohl nie mehr vergessen würde. In einem Anfall letzter Wut bäumte sich der Teufel noch einmal bedrohlich vor Semi auf und zerschmolz dann inmitten des Raumes wie Eis in der Sommersonne. In einer winzigen Flamme verschwand die entsetzliche Erscheinung und nichts weiter als ein dunkler Brandfleck blieb auf dem Boden von dem bösen Zauber zurück.
Semi konnte es nicht fassen. Was war da eben vor seinen Augen geschehen? Ein Wunder?
Er nahm die echte Madonna und drückte sie fest an sein Herz und es war ihm, als ob sie sich an ihn schmiegen würde. Was für eine

Liebe in diesem Moment doch in dieser winzigen Berghütte war. Semi war glücklich, dass er den bösen Zauber niedergeschmettert hatte. Und er nahm die Madonna und setzte sie auf die Fensterbank, wo sie immer stand. In der darauf folgenden Nacht schlief er tief und fest und träumte von Engeln, die immer um ihn herum schwebten und ihn beschützten. Als er am nächsten Morgen die Hütte aufräumte, weil der Sturm so heftig in ihr gewütet hatte, bemerkte er hinter dem Kamin, wo die Madonna stand, ein kleines Loch im Holzfußboden. Er suchte sich ein Holzbrett und wollte das Loch zunageln, da sah er ein kleines Säckchen im Inneren des Loches. Vorsichtig zog er es heraus und staunte nicht schlecht. Es war über und über mit Geldmünzen gefüllt. Zwischen den Münzen fand er einen Brief, der schon schmutzig und zerrissen war. Er las ihn und musste weinen: „Lieber Semi, dieses Geld habe ich über die vielen Jahre zusammen gespart. Es soll Dir einmal Glück bringen, wenn ich nicht mehr bin. Ich hab's zur Hütte gebracht, damit die Madonna darüber wacht. So kann ich sicher sein, dass es kein böser Geist stehlen wird. Deine Sarah ..."

Kruzifix

Es war am Heiligen Abend. Glenn wollte in die Kirche und fühlte sich so schwach und krank.

Ein schwerer Unfall hatte ihn an den Rollstuhl gefesselt und er hatte es noch nicht überwunden, denn dieses furchtbare Ereignis lag gerade erst ein Jahr zurück. Zwar erhielt er eine großzügige Versicherungsleistung und auch sonst waren ihm zwei Freunde geblieben, die ihm halfen, wo sie nur konnten. Doch was nutzte das, wenn er selbst noch immer seinem alten Leben hinterher trauerte. Dieser weihnachtliche Kirchenbesuch aber musste sein. Er wollte dem Herrn gegenübertreten und ihm zeigen, wie schlecht es ihm ging. Am Nachmittag dieses Heiligen Abends wusch er sich und einer seiner Freunde, Ken, half ihm beim Anziehen. An diesem Heiligen Abend trug Glenn seinen schönsten Anzug. Doch kurz bevor die beiden zur Kirche fahren konnten, erhielt Ken einen dringenden Anruf. Er war Rettungssanitäter und musste wegen Personalmangels zu einem Einsatz. So brachte er Glenn noch schnell zur Kirche und gab ihm seinen kleinen Fotoapparat. Glenn sollte wenigstens ein paar schöne Bilder vom Gottesdienst knipsen, damit Ken wenigstens das sehen konnte. An diesem Heiligen Abend waren so viele Leute wie noch nie in der Kirche. Alles war so festlich und Glenn schien es, als wäre die Kirche von unsagbar viel Liebe erfüllt. Das beeindruckte ihn derart, dass er mit seinem Rollstuhl vor lauter Tränen beinahe an ein Baugerüst innerhalb der Kirche gestoßen wäre. Ein netter älterer Mann mit einem Bart lächelte ihn an und fuhr ihn zu einem Platz ganz vorn vorm Altar. Glenn dankte dem Fremden und freute sich, dass der ihm so half. Der Fremde blieb ein wenig in Glenns Nähe, sprach immer wieder mit ihm und erklärte ihm den Altar. Dieser war erst restauriert worden und Glenn konnte sich nicht satt sehen an dem golden schimmernden Glanz. Auch ein Kruzifix war dort angebracht. Es roch so würzig, und Glenn fiel ein, dass es daheim bei seiner seligen Mutter stets so geduftet hatte, wenn sie Plätzchen backten. Überhaupt erschien ihm alles so, als sei er noch einmal zu Hause bei Mutter. Und wieder fiel ihm dieser schwere Verkehrsunfall ein, als er mit seinen

Eltern unterwegs war. Die Eltern hatten den Unfall nicht überlebt, nur er, und nun saß er in diesem Rollstuhl. Manchmal dachte er, am besten auch tot zu sein. Denn diese abrupte Trennung von seiner Mutter und von seinem Vater, mit dem er so viel unternommen hatte, konnte er nie verkraften. Und hier vor dem Altar spürte er wieder diese sonderbare Wärme. Es war die gleiche Wärme, die er immer spürte, wenn er seinen Kopf an Mutters Herz gelegt hatte. Ach, wäre sie doch nur wieder bei ihm. Der Fremde, der unentwegt hinter ihm stand, schien all das gehört zu haben. Er schaute Glenn mit seinen großen Augen an und es schien, als würde er mit diesen Augen sprechen können. Seine Blicke strahlten eine unglaubliche Wärme und eine unfassbare Sympathie aus. „Sei nicht traurig", hörte Glenn den Fremden sprechen, „Du lebst und Deine Eltern würden niemals wollen, dass Du stirbst. Sie wollen, dass Du stark bist. Deswegen sei es doch auch. Denn Du bist es und wirst Dein Leben meistern. Diese Kraft, die Du von Deinen Eltern, von Deiner Mutter bekommen hast, diese Kraft ist tief in Dir drin. Fürchte Dich nicht. Du bist nicht allein. Du hast Freunde, die Dir helfen. Und Du hast noch jemanden, der immer bei Dir sein wird" Bei diesen Worten schaute der Fremde zum Altar und zu dem großen Kruzifix hinüber. Glenn las die Inschrift: INRI, und er wusste, dass der Fremde recht hatte. Er fühlte es und er wollte ja auch stark sein. Allein, es fehlte ihm nur am nötigen Willen. Doch je länger er zum Alter und zum Kruzifix schaute, desto kräftiger fühlt er sich. War es Einbildung oder nur eine Wunschvorstellung? Nein, er wusste, dass es real war. Er hatte ja seine Freunde, die auch immer zu ihm hielten. Und so könnte er seinen Lebensweg meistern. Der Gottesdienst begann und der Pfarrer sprach wundervolle Worte. Als dann alle Weihnachtslieder sangen, beobachtete Glenn den Fremden. Es schien ihm, als schwebte der in einer glänzenden Wolke. Doch das war ganz sicher nur ein schöner Schein. Ein sicheres Zeichen vielleicht, dass es wieder aufwärts ging mit Glenn. Und am Ende des christlichen Abends standen alle auf und sangen: Stille Nacht.

Und plötzlich, welch Wunder, stand da auch Glenn, ganz von allein und sang mit. Zunächst hatte er es gar nicht bemerkt, doch als der Fremde Tränen in seinen Augen hatte und kaum noch mitsingen konnte, sah es auch Glenn. Er starrte an sich herab und wusste nicht, was er zu diesem Wunder sagen konnte. Er stand und sang mit. Das waren keine Halluzinationen und auch keine Wahrnehmungsstörung. Nein, das war ein richtiges Wunder, kein Zweifel! Doch als der Choral der vielen Menschen in der großen Kirche verstummte, musste sich Glenn wieder in seinen Rollstuhl zurücksetzen. Die Menschen liefen aus der Kirche und verabschiedeten sich voneinander. Und der Fremde schob Glenn aus der Kirche und lächelte ihn wieder so sympathisch an. Dann meinte er: „Ich muss nun gehen. Gleich wird Ken da sein. Er wird Dich hier abholen. Und wenn Du immer fleißig übst und einen starken Willen hast, wirst Du wieder laufen können. Ich wünsche Dir alles Glück dieser Welt, und - Frohe Weihnachten" Glenn schaute den Fremden traurig an und hatte ihn nicht einmal gefragt, wie er hieß. Doch als er das fragen wollte, war der Fremde verschwunden. Nur der Wind wehte leise die Schneeflocken über den Platz vor der Kirche. Von dem Fremden aber fehlte jede Spur. Glenn musste erst einmal seine unfassbaren Erlebnisse verarbeiten. Schließlich erschien Ken und meinte, dass er sich beeilt hätte. Er wollte sich bedanken, dass Glenn ihn per SMS benachrichtigte, dass er ihn abholen könnte. Aber Glenn konnte sich nicht erinnern, je eine SMS an

Ken geschickt zu haben. Bis die beiden bei Glenn zu Hause ankamen, sprach dieser über die merkwürdigen Erlebnisse in der Kirche. Und Ken hörte sich alles interessiert an. Er freute sich, dass sich Glenn so wohl gefühlt hatte und endlich jemanden gefunden hatte, der sich so rührend um ihn kümmerte. Es war ein wundervolles Weihnachtsfest und Glenn übte wirklich jeden Tag, wieder aus dem Rollstuhl aufzustehen. Als die Uhr das Neue Jahr einläutete, konnte er schon mehrere Minuten selbständig stehen. Welch ein Wunder, am Neujahrstag fiel Glenn ein, Ken den Fotoapparat endlich wieder zurückzugeben. Beide hatten wohl vergessen, sich die Bilder anzuschauen, die Glenn in der Kirche knipste. Doch als sie sich die Bilder am PC anschauten, konnte Glenn nicht glauben, was er da sah. Dort, wo er mit seinem Rollstuhl stand, war eigentlich eine Baustelle, wo er zwischen Baugerüsten ganz allein mit seinem Rollstuhl stand. Doch halt, er stand nicht allein dort, fassungslos erkannte er dieses merkwürdige Kruzifix hinter seinem Rollstuhl. Sonst war niemand in seiner Nähe. Er war sich aber ganz sicher, dieses Kruzifix am Heiligen Abend am Altar gesehen zu haben. Auf dem Bild jedoch leuchtete das Kruzifix hell hinter seinem

Rollstuhl und plötzlich wurde ihm schlagartig klar, wer sich da am Heiligen Abend so rührend um ihn gekümmert hatte:

Jesus Christus.

Der Labrador

Der zwölfjährige Kenny hatte zum Geburtstag einen niedlichen kleinen Hund geschenkt bekommen. Es war ein Labrador und Kenny freute sich riesig über dieses Geschenk. Schon immer wollte er einen Hund haben, doch seine Eltern hatten es ihm stets verweigert. Nicht, weil sie es etwas dagegen hatten. Vielmehr wollten sie es vermeiden, dass sich Kenny eines Tages nicht mehr um den Labrador kümmern würde. Doch bei Kenny war das doch ganz anders. Er kümmerte sich rührend um den kleinen und nannte ihn Ricky. Ricky fühlte sich in der kleinen Familie so richtig wohl. Jeden Tag tollte er mit Kenny im Garten herum und freute sich schon darauf, wenn Kenny aus der Schule kam. Schon auf halbem Wege kam er Ricky entgegen und sprang vergnügt an ihm hoch. Es kam soweit, dass sie nicht mehr voneinander lassen konnten. Kenny bekam sogar Ärger, weil er seinen kleinen Freund heimlich mit in die Schule nahm. Doch es sollte sich alles ändern. Eines Tages, als Kenny von der Schule nach Hause zurückkehrte, wunderte er sich. Denn ganz anders als sonst kam ihm Ricky diesmal nicht entgegen. Und als Kenny schließlich ins Haus ging, erschien ihm alles so ruhig. Als ihm seine Mutter mit ernstem Gesicht entgegen kam, ahnte er schon, dass irgendetwas Schlimmes geschehen sein musste. Und so war es dann auch. Als Ricky mal wieder ausgelassen im Garten herumtollte, lief er urplötzlich auf der Straße. Weder die Mutter noch die Nachbarin, die alles mit ansehen musste, konnten ihn noch retten. Er wurde von einem plötzlich die Straße entlang rasendem Fahrzeug erfasst und tödlich verletzt. Der Fahrer des Fahrzeuges hatte nicht einmal angehalten, als Ricky blutend auf der Straße lag. Ricky konnte nicht fassen, was er da hörte. Sein bester Freund, der, mit dem er Freud und Leid teilte, war tot. Das konnte er nicht verwinden. Ja, er konnte es nicht einmal glauben. Die Eltern begruben ihn in einer stillen Ecke des Gartens, unter einem Apfelbaum. So konnten sie stets zu ihm gehen und um ihn trauern oder Blumen niederlegen. Kenny brauchte das und beinahe täglich saß er an Rickys Grab und weinte. Die Eltern machten sich schon große Sorgen um ihren kleinen Sohn, denn seine Traurigkeit wollte einfach nicht mehr weichen. Selbst in der Schule hing er durch und seine Leistungen ließen nach. Und so zog sich Kenny immer öfter hinter sich her und konnte nicht mehr lachen. In Erinnerungen versunken lief er oft unaufmerksam über die Straßen und nur der Aufmerksamkeit der Autofahrer war es zu verdanken, dass ihm nichts Schlimmeres geschah. Es war ein nebliger Morgen. Ricky zog sich lustlos seine Jacke über und lief los in die Schule. Die Mutter sagte eindringlich zu ihm, dass er unbedingt immer auf dem Bürgersteig bleiben sollte. Denn bei Nebel kann es sehr gefährlich sein, wenn man auf der Straße lief. Eigentlich hätte sie ihn am liebsten begleitet, doch sie musste wegen eines Handwerkers, der sich für den Morgen angesagt hatte, daheimbleiben. Und der Vater war noch immer nicht von seiner Nachtschicht zurück. Kenny lief los und trottete artig auf dem Bürgersteig den Weg zur Schule. Und wieder vertiefte er sich in seine Gedanken. Er sah Ricky und er sah, wie sie zusammen durch die Gegend rannten. Ach, sie hatten sich so gut miteinander verstanden. Warum nur musste alles so furchtbar enden? Als ihm dicke Tränen übers Gesicht liefen, war ihm so, als sei er nicht allein. Neugierig schaute er sich um. Doch er konnte niemanden sehen. Der Nebel war schon so dick geworden, dass er nicht einmal mehr die Häuser hinter den Vorgärten erkennen konnte. Vollkommen in Gedanken versunken lief er weiter und bemerkte nicht, wie sich hinter einer Kurve ein schnell fahrendes Fahrzeug näherte. Der Fahrer konnte ebenfalls nicht viel erkennen und schien auch nicht sonderlich vorsichtig zu sein. Schnell und mit quietschenden Reifen fuhr er um die Kurve und raste dann mit unangepasster Geschwindigkeit die gleiche Straße entlang, die auch Kenny zur Schule ging. Immer näher kam er Kenny und übersah plötzlich einen Straßenknick, an dem sich nun auch Kenny befand. Er konnte nicht mehr ausweichen und sah Kenny, der plötzlich vor seinem Wagen auftauchte. Gleich würde er ihn rammen, doch plötzlich sprang etwas auf die Straße und stürzte sich auf Kenny. Der fiel zur Seite und landete in letzter Sekunde in einem der Vorgärten. Mit einem lauten Schrei verriss der Raser das Steuer seines Wagens und rauschte gegen ein Verkehrsschild. Qualmend blieb das Auto dort stehen. Kenny hingegen konnte es nicht glauben, denn neben ihm stand sein Freund Ricky. Sein Labrador war wieder zurückgekehrt. Er hatte ihm das Leben gerettet und leckte ihm nun mit seiner warmen Zunge übers Gesicht. Da war die Freude riesengroß. Kenny streichelte seinen tierischen Freund und gab ihm einen dicken Schmatz auf den Kopf. Und Ricky freute sich, wieder bei seinem Kenny zu sein. Zusammen liefen sie nach Hause zurück, denn der Schreck war Kenny in die Glieder gefahren. Außerdem war seine Kleidung beim Fall in den Garten sehr schmutzig geworden. Ricky lief artig neben ihm her. Doch als die beiden vor Kennys Haus ankamen, wurde Ricky so seltsam unruhig. Er verhielt sich derart ungewöhnlich, dass Kenny ihn an seinem Halsband festhielt. Doch Ricky riss sich los und sprang in den Garten der Familie. Mit Rickys Halsband in der Hand rannte Kenny hinterher, fand Ricky jedoch nicht mehr. Traurig ging er ins Haus und die Mutter war ganz erschrocken, dass ihr Sohn so schmutzig war und gar nicht in der Schule saß und lernte. Sie fragte ihren Sohn, was geschehen war und Kenny erzählte ihr seine ungewöhnliche Geschichte. Als er von Ricky berichtete, schaute ihn seine Mutter misstrauisch an. Wie konnte das sein? Hatte sich Kenny all das nur ausgedacht? Wollte er vielleicht die Schule schwänzen oder hatte er jetzt schon Halluzinationen? Sie wusste, wie oft Kenny noch an Ricky dachte. Und sie wusste, dass er sich in diesem Wahn so manches einbilden konnte. Kenny meinte, dass der Fahrer des Autos, welches ihn beinahe angefahren hätte, an ein Verkehrsschild gefahren sei. Als die beiden zur Unfallstelle eilten, war dort schon die Polizei zugegen. Der Beamte teilte den beiden mit, dass der Fahrer betrunken gewesen sei. Außerdem hätte er irgendetwas von einem Hund erzählt, der plötzlich vor seinem Wagen erschienen sein soll. Kenny wollte schon sagen, dass das sein Labrador Ricky war. Doch die Mutter warf ihm einen vielsagenden Blick zu und Kenny schwieg. Sie wusste längst, dass Kenny wohl doch nicht gelogen hatte. Aber wie war das nur möglich? War es vielleicht doch ein anderer Hund? Es stellte sich heraus, dass der Fahrer, der Kenny beinahe umgefahren hätte, auch Ricky totgefahren hatte. Ihm wurde der Prozess gemacht. Kenny jedoch wusste ganz im Gegensatz zu seiner Mutter ganz genau, dass ihn sein Freund Ricky gerettet hatte und war fortan nicht mehr so traurig. Denn er besaß etwas von seinem Ricky, das ihm ganz deutlich klar machte, dass dieser immer in seiner Nähe wachte: sein Halsband …

Reifenpanne

Ich hatte ein wirklich gutes Verhältnis zu meinem Onkel. Er war durch und durch ein Autonarr und obendrein KFZ-Schlosser von Beruf. Wenn ich mich so zurück erinnerte, war gerade er es, der mir das Autofahren schmackhaft gemacht hatte. Als er sich damals einen neuen Wagen zulegte, schenkte er mir die Reifen, die zu seinem alten Fahrzeug gehörten. Er zeigte mir, dass sie noch relativ neu und gut in der Profilstärke waren. Gemeinsam bauten wir sie an mein Fahrzeug und ich freute mich, Geld für eine Neuanschaffung der Reifen gespart zu haben. Wenige Monate später verstarb er und ich war wirklich traurig über diesen Verlust. Nun hatte ich keinen mehr, der mir bei Fahrzeugproblemen helfen konnte. Und noch sehr oft, wenn ich mit meinem Auto unterwegs war, dachte ich an ihn.

Es war an einem hektischen Montag. Ich hatte einen wichtigen Termin in einer benachbarten größeren Stadt. Da ich wegen eines Staus auf der Autobahn in Zeitverzug geriet,

musste ich mich sputen, um den Termin eventuell doch noch halten zu können. Plötzlich jedoch geschah etwas sehr Seltsames: Irgendeine Stimme, die ganz und gar nicht zu dem Gesang im Autoradio passte, schien zu mir zu sprechen. Zunächst verstand ich nicht, was sie sagte, denn sie war sehr leise und das Motorengeräusch war einfach zu laut, um etwas zu verstehen. Doch dann wurde die Stimme lauter und ich konnte genau hören, was sie zu mir sagte. Sie sprach in einem fort: „Halte sofort das Fahrzeug an!" Und es war nicht nur das, was mir einen gehörigen Schrecken einjagte. Vielmehr war es die Tatsache, dass es mein verstorbener Onkel war, der da zu mir sprach. Seine Stimme drückte große Besorgnis, ja sogar Angst aus. Ich glaubte schon, ich hätte eine Halluzination. Vielleicht war es aber doch nur das Autoradio. Doch das spielte leise Musik. Nein, das musste ein Zeichen sein; was wollte mir mein Onkel nur sagen? Ich fuhr erst einmal weiter, doch verlangsamte meine Fahrt drastisch. Irgendwie kam mir diese Sache nicht geheuer vor. Und plötzlich war sie wieder da, die merkwürdige Stimme.
Erneut warnte mich mein Onkel und sagte mit eindringlichen Worten, ich sollte umgehend die nächste Ausfahrt nehmen oder auf

einen Rastplatz fahren. Mir kam das Ganze dann doch komisch vor und ich fuhr auf den nächstbesten Rastplatz. Ich stieg aus dem Wagen uns setzte mich auf eine Bank neben dem Fahrzeug. Dort aß ich erst einmal meine mitgenommen Sandwiches und trank heißen Kaffee dazu. Das tat wirklich sehr gut und ich kam wieder zu Kräften. Denn die lange Reise hatte mich doch schon etwas müde werden lassen. Immer mehr Leute trafen auf den Rastplatz ein. Plötzlich gab es einen lauten Knall. Die Leute, die ringsum auf den Bänken saßen, starrten erschrocken in Richtung meines Fahrzeugs. Irgendetwas musste dort geschehen sein. Irritiert stand ich auf und begab mich zu meinem Auto. Entsetzt bemerkte ich, dass beide Vorderreifen geplatzt waren. Nicht auszudenken, was geschehen wäre, wenn ich weiter gefahren wäre. Natürlich konnte ich nun nicht mehr weiterfahren und musste mir von einem Pannendienst helfen lassen. Die Leute dort meinten, dass die Reifen schon spröde waren, sodass es nur eine Frage der Zeit war, bis es zu diesem Unglück gekommen wäre. Den Termin konnte ich nicht mehr wahrnehmen und als ich wieder zu Hause war, holte ich mir die alten Fotos raus, auf denen mein Onkel zu sehen war. Beim Durchblättern der Seiten las ich unter einem der Fotos eine Schrift. Es war ein Datum, welches ich dort entzifferte. Und mir wurde plötzlich klar, warum er an diesem Tag noch einmal zurückkehrte: es war sein Geburtstag …

Geister

Es war nur eine kleine Ferienreise, die mich in die winzige Pension in Niederschlesien geführt hatte. Ich wollte mich auf die Spuren meiner eigenen Vergangenheit begeben und war plötzlich in einer unfassbaren Geschichte gefangen. Vielleicht wollte ich die Heimat meiner Eltern genauer kennen lernen. Jedenfalls fand ich die Gegend und diese faszinierende Landschaft einfach erholsam. Dort hätte ich mich wirklich sehr gern angesiedelt. Und die ersten Tage vergingen wie im Fluge. Ich fuhr mit meinem Fahrrad durch die endlosen flachen Landschaften und erfreute mich an der noch unberührten Natur. Als ich die kleine verfallene Schlossruine im Wald entdeckte, wollte ich sie natürlich genauer inspizieren. Denn diese märchenhafte Ruine fesselte mich aus einem unerfindlichen Grunde. Zwar musste ich mich in Acht nehmen, nicht über die wackeligen Mauerreste zu stürzen. Doch das störte mich nicht. Ich lehnte mein Fahrrad an einen Baum und kletterte unbefangen durch das uralte Gemäuer.

Nie wäre ich weiter in die Ruine vorgedrungen, hätte ich geahnt, was mir schon bald widerfuhr. Es knackte unter meinen Füßen und ich griff nach dem erstbesten Gegenstand. Das half jedoch nichts und ich stürzte mitsamt dem verrosteten Gegenstand in die Tiefe. Ich fand mich in einem teilweise eingestürzten Stollen wieder. Der Weg nach oben schien versperrt, denn ich war sehr tief gefallen. Wie durch ein Wunder hatte ich mich nicht sonderlich verletzt, lediglich meine Hand blutete ein wenig. Der rostige Gegenstand entpuppte sich als Handschelle. Sie war nicht sehr groß und passte seltsamerweise recht gut an mein Handgelenk. Vielleicht war das ja ein Zeichen, weiter in der Vergangenheit zu forschen. Als ich mich ein wenig erholt hatte, wollte ich wissen, was sich etwas tiefer im Stollen verbarg. So räumte ich das Geröll beiseite und lief weiter in den Stollen hinein. Es war stockdunkel und ich konnte mich nur anhand des spärlichen Tageslichtes, welches durch die Einsturzstelle in den Stollen drang, orientieren. Damit es mir nicht zu sehr gruselte, pfiff ich mir ein altes Lied, welches mir meine Mutter immer vorsang, als ich noch ein Kind war. Sie wusste nicht, woher sie es kannte. Aber ich fand es gut und pfiff es immer, wenn ich mich ablenken wollte. Plötzlich vernahm ich eine seltsame Stimme, irgendjemand schien nach mir zu rufen, war das ein Hilferuf? Es war die Stimme einer Frau und ich blieb stehen, wusste nicht, ob ich weiter gehen sollte. Doch meine Neugierde trieb mich weiter. Das eigenartige Rufen schallte gespenstisch durch den röhrenartigen Gang des Stollens und verursachte eine Gänsehaut bei mir. Die Frauenstimme hörte sich unglaublich traurig an, so, als ob sie weinte. Irgendwann ging es nicht mehr weiter. Zu groß waren die Felsbrocken, die mir den Weg im Stollen versperrten. Ich konnte sie beim besten Willen nicht beiseite schieben. Zwischen den Felsbrocken vor mir lag etwas. Im Halbdunkel konnte ich es nicht so recht erkennen und bückte mich, um es aufzuheben. Es war ein sehr stark beschädigtes Gemälde. Der goldene Holzrahmen war teilweise zerbrochen und das Gold fast schon abgeblättert. Dennoch ließen sich schemenhaft die Umrisse einer wunderschönen jungen Frau auf dem Bildnis erkennen. Ich nahm es mit zu der Stelle, an welcher ich eingebrochen war. Dort betrachtete ich es genau. Die junge Schönheit stand vor einem kleinen Schloss mit zwei Türmen. Das musste wohl die Schlossanlage gewesen sein, in welcher ich mich befand. Es war einst ein herrschaftliches, recht beeindruckendes Bauwerk. Dieses Bild berührte mich magisch und weckte meine Neugierde nach dieser Frau. Ich spürte eine seltsame Verbundenheit zu dieser jungen Frau.

Beim Betrachten des Bildes hatte ich gar nicht bemerkt, dass die weinende Stimme, die ich eben noch gehört hatte, verstummt war. Sollte diese Stimme vielleicht etwas mit dieser Frau auf dem Gemälde zu tun haben? Ich verwarf diesen Gedanken erst einmal, konnte mir wahrlich nicht vorstellen, dass ich einer Geisterstimme aufgesessen sein sollte. Trotzdem ließ mich das Ganze einfach nicht mehr los. Doch der Gedanke, aus diesem Gefängnis, in welchem ich derzeit befand, wieder herauszukommen, verursachte eine gewisse Panik in mir.

Ich versuchte mich, an den Unebenheiten der schroffen Felsmauer nach oben zu ziehen. Doch es gelang mir nicht. Auch mein Rufen blieb ungehört.

Zu allem Unglück zog auch noch ein heftiges Gewitter auf. Ich dachte an mein Fahrrad. Vielleicht kamen ja doch Spaziergänger vor-

bei, die sich über das abgestellte Fahrrad wunderten? Der laute Donner des Gewitters dröhnte unheimlich und furchterregend durch den kalten Stollen. Auch die grellen Blitze tauchten die Ruine in ein geisterhaftes Licht. Ich fühlte mich nicht sehr wohl in meinem Gefängnis, obwohl ich andererseits sicher war in dieser Gruft. Und plötzlich hörte ich wieder diese merkwürdige traurige Stimme. Seltsamerweise verstand ich nun sogar die Worte, die sie rief: „Helfe mir. Ich bin eingesperrt hier unten. Bitte rette mich" Kein Zweifel, die Frau musste irgendwo in diesem Stollen sein. Vielleicht war sie wie ich abgestürzt und etwas tiefer im Stollengang verschüttet worden? Ich musste unbedingt nach ihr suchen. Da ich weder eine Taschenlampe noch ein Streichholz besaß, musste ich mich mit dem wenigen Licht, welches im Stollen vorhanden war, zufrieden geben.
Stück für Stück arbeitete ich mich also durch die Düsternis. Die schweren Gesteinsbrocken machten mir tüchtig zu schaffen. Einige konnte ich beiseite schieben, doch andere ließen sich auch bei größter Anstrengung einfach nicht vom Fleck rücken. Aber immerhin kam ich einige Meter voran. Unterdessen konnte ich kaum noch etwas sehen, so dunkel war es geworden. Doch plötzlich

stieß ich auf einen Knochen. Ich erschrak und wusste nicht so genau, ob es sich um ein menschliches oder tierisches Relikt handelte. Doch als ich den Schädel und einige andere Knochen fand, festigte sich meine Vermutung, es könnte sich um ein menschliches Skelett handeln. Und obwohl es mir eigentlich widerstrebte, nahm ich den Schädel an mich. Ich wollte ihn mitnehmen, um ihn draußen an entsprechender Stelle abzugeben. Hinter dem Schädel lag noch etwas, ich hob es auf, es war ein stark verwitterter Packen zusammengebundener Schriftstücke. Sie waren wirklich schon arg in Mitleidenschaft gezogen und ich konnte in der Dunkelheit des Stollens nicht erkennen, was drauf stand. So nahm ich alles mit und lief wieder zurück. Plötzlich versperrte mir eine junge Frau den Weg. Sie schwebte über dem felsigen Boden und weinte. Ich erkannte sie sofort- es war die junge Frau auf dem Gemälde. Wie kam sie nur hierher. Ich konnte mir das alles nicht erklären. Und warum zeigte sie sich ausgerechnet mir? Hatte ich vielleicht irgendetwas mit all diesen Dingen zutun? Immerhin hatte in dieser Gegend einst meine gesamte Verwandtschaft gelebt. Und ich wusste von Erzählungen meiner Mutter, dass meine Urgroßeltern ein Schloss besaßen. Doch wie und wo, und ob überhaupt, konnte sie mir nicht erklären. Die junge Frau vor mir schwebte wie eine Erscheinung aus meinen Träumen vor mir und weinte bittere Tränen. Mir schien es, als wollte sie mich um Hilfe anflehen. Sie mochte ungefähr zwanzig Jahre jung sein. Doch sie sprach kein Wort, weinte immer nur. Und ich wusste nicht, was ich zu ihr sagen sollte. Jedes Wort wäre wohl eines zu viel gewesen. Aber vielleicht brauchte sie gerade diesen Trost, den sie in diesen eingestürzten Katakomben nicht finden konnte. Vielleicht wollte sie mich zu irgendetwas bewegen, was ich in diesem Augenblick noch gar nicht wissen konnte. War es ein Donnerschlag oder ein Beben, das mich plötzlich aus meinen Gedanken riss. Es war die laute Stimme eines Fremden, der mein Fahrrad entdeckt haben musste. Laut rief er nach mir in den eingestürzten Schacht hinein und sein Rufen hörte sich dort unten an wie die Schreie eines verzweifelten Geistes. Die junge Frau entschwand im Nichts und ich nahm den Schädel und die Schriftstücke und lief zur Absturzstelle zurück. Oben erkannte ich das bekannte Gesicht von Bogdan, den ich in der Pension kennen gelernt hatte. Es regnete in Strömen und er rief laut zu mir herunter:

„Hallo, bist Du ok? Ich habe Dich schon gesucht, weil wir uns doch vor drei Stunden verabredet hatten." Ich rief zurück, dass es mir gut ginge, ich aber nun endlich wieder aus dem Stollen heraus wollte. Er organisierte eine lange Leiter und ich konnte relativ unbeschadet aus dem Stollen klettern. Bogdan holte meine Fundstücke nach oben und lud mein Fahrrad auf seinen Pickup. Dann fuhren wir zur Pension zurück. Am Abend zeigte er mir ein altes Buch, welches von der Gegend handelte. Es zeigte die alten Schlösser und Burgen, die teilweise noch immer eingestürzt waren, wie auch das kleine Schloss in welchem ich kurzzeitig gefangen war. Viele der einst dort existierenden Anlagen gab es gar nicht mehr.
Sie waren über die Zeiten eingestürzt oder versunken und konnten nicht mehr ausgegraben werden. Bogdan organisierte mir einige Dokumente und ich nahm mir vor, die alten Schriftstücke, die ich im Stollen fand, etwas genauer untersuchen zu lassen. Wir brachten alles zu einem Institut in die Stadt. Dort wurde der Schädel analysiert und die Schriften entziffert. Das alte Gemälde ließ ich aufarbeiten und neu rahmen. Es erstrahlte in neuem Glanz. Auch die restlichen Knochen,

die zum Schädel gehörten, bargen wir aus dem Stollen.
Die alten Schriften waren eine alte Familienchronik. Sie konnte nur sehr schwer und Stück für Stück rekonstruiert werden. Dabei stellte sich heraus, dass es sich bei dem Skelett um die sterblichen Überreste von Gräfin Friedlinde zu Garbenburg handelte. Sie war die Schlossherrin und starb einst an einer unbekannten Krankheit. Das Geschlecht derer „Zu Garbenburg" starb angeblich damals aus. Aber gab es wirklich keine Nachfahren mehr? Offenbar wollte es der Geist von Friedlinde, dass ausgerechnet ich sie aus dem Stollen befreite. Es musste irgendein Geheimnis geben, welches mit ihr und mit mir zu tun hatte.
Immer mehr der alten Schriften konnten entschlüsselt werden. Demnach handelte es sich bei Gräfin Friedlinde um die Ahnin meiner Großmutter. Auch das Schloss wurde weiter vererbt. Doch die Urkunde, die das bezeugte, war im Stollen verschüttet worden. Am Ende hätte Großmutter alles übernehmen können. Leider kam der Krieg dazwischen und Großmutter konnte das Erbe nicht mehr antreten. Irgendetwas hatte mich schließlich in diese Gegend verschlagen und in genau jenem Schloss in den unterirdischen Stollen

abstürzen lassen. Doch es gab noch ein Geheimnis, hinter welches ich erst viel später kommen sollte. Als ich das Gemälde zu Hause aufhängte, fiel mir auf, dass die junge Frau nicht nur vor diesem wunderschönen Schloss stand. Nein, neben ihr entdeckte ich eine hölzerne Truhe. Sollte diese vermeintliche Truhe vielleicht noch existieren? Irgendetwas in mir, das ich mir nicht erklären konnte, wollte, dass ich nach dieser Truhe suchte. Sollte ich noch einmal in diesen verfallenen Stollen hinunter? Ich fuhr zurück zur Pension in Niederschlesien und bat Bogdan, der noch immer dort weilte, mit bei den Sucharbeiten behilflich zu sein. Er war sofort einverstanden, denn auch er war sonderbarerweise besessen von den Forschungen in dieser alten Schlossruine. Angeblich wollte er einen neuen Bildband herausgeben, der sich mit den Schlössern und Burgen in der Region befasste. Über seine lange Aluminiumleiter gelangten wir in den Stollen und untersuchten erneut das unterirdische Areal. Doch mehr als einige alte Tierknochen und zerbrochenes Geschirr fanden wir nicht. Vermutlich gab es diese Truhe gar nicht und der damalige Künstler hatte sie einfach erfunden. Trotzdem ließ mir diese vermeintliche Truhe keine Ruhe mehr. Und mein Erlebnis in der darauf folgenden Nacht bestätigte das auch noch. Der Geist der jungen Gräfin schwebte vor mir und weinte bitterlich. Dicke Tränen liefen ihr übers Gesicht. Ich wusste genau, was das bedeutete. Sie wollte wohl, dass ich weiter nach dieser Truhe suchte. Dabei sang sie ein merkwürdiges Lied. Es kam mir irgendwie bekannt vor. Und plötzlich wusste ich es: es war genau das Lied, welches mir manchmal meine Mutter vorgesungen hatte, als ich noch ein Kind war. Und auch ich pfiff es oft vor mich hin. Nun hörte ich es von dieser wunderschönen jungen Schlossherrin Friedlinde. Sie sang es so herzzerreißend, dass ich in mir eine verwegene Idee keimte. Am nächsten Morgen traf ich mich mit Bogdan und zusammen fuhren wir zur Schlossruine in den Wald. Bogdan hatte sogar den ehemaligen Grundriss des Schlosses dabei und ich schaute mir den Plan genau an. Ich suchte nach einem Musikzimmer und entdeckte es auch. Allerdings wusste ich nicht, ob in der Anlage noch Reste dieses Zimmers zu finden seien. Bogdan hielt den Plan und ich lief die Stellen ab, wo sich das Zimmer befunden haben könnte. Dazu musste ich mich anseilen, denn ich musste mich bei dieser Suche auf die alten Mauerreste stellen. Schließlich entdeckten wir das Zimmer. Natürlich war es nur noch schemenhaft vorhanden und als Zimmer gar nicht mehr zu erkennen. Doch ich wusste, wonach ich suchte und wir hoben die Gesteinsbrocken aus dem Areal, so wie es uns möglich war. Wir fanden Reste von Stühlen und anderer, nicht mehr erkennbarer Einrichtungsgegenstände. Aber von einer Truhe fanden wir nichts. Enttäuscht wollte ich die Suche abbrechen. Da entdeckte ich unter einem Mauervorsprung einen hölzernen Gegenstand. Und als wir ihn unter dem meterdicken Schutt der vergangenen Zeiten hervor zogen, fanden wir tatsächlich die Reste von genau dieser Truhe. Ich konnte mein Glück kaum in Worte fassen. Aber die Freude legte sich schnell, denn die Truhe war leer. Wie konnte ich auch annehmen, dass wir eine wertvolle Truhe fänden, in welcher ein sagenhafter Schatz verborgen war. Auf dem Foto, welches ich vom Gemälde angefertigt hatte, betrachtete ich alles noch einmal ganz genau. Doch ich konnte mir einfach nicht erklären, was zu diesem Puzzle noch fehlte. Die junge weinende Gräfin Friedlinde, dieses alte Schloss, das Gemälde, die Schriften und die seltsame Truhe. Wo gab es da noch ein ungeklärtes Geheimnis? In der folgenden Nacht brachte ich kein Auge zu, immer wieder kreisten meine Gedanken um dieses alte Schloss. Da musste doch noch etwas sein! Und warum war ich noch immer hier? Warum wollte ich so genau hinter dieses vermeintliche Geheimnis kommen? Ich wusste es nicht. Doch plötzlich kam mir der Gedanke, die junge Gräfin hätte gar nicht nach mir gerufen. Vielleicht wollte sie mich nur auf etwas aufmerksam machen, doch in Wahrheit gab es noch eine andere Person. Wer konnte es sein? Wer konnte dieser Gräfin wichtig gewesen sein? Vielleicht gab es da einen Mann in ihrem Leben und sie lebte gar nicht allein auf dem alten Schloss? Aber von einem Mann war nirgends die Rede. In den nächsten Tagen forschten Bogdan und ich in den Unterlagen nach diesem ominösen Mann. Doch wir fanden ihn nicht. So mussten wir uns weiter durch die Geröllreste der Schlossruine kämpfen. Diesmal bestand Bogdan darauf, allein hinunter in die Katakomben zu steigen. Lange hielt er sich dort unten auf und meldete sich einfach nicht mehr. Und als ich ihn rief, antwortete er nicht. Ich bekam Angst um ihn, vermutlich war ihm irgendetwas zugestoßen. Schnell befestigte ich die Aluminiumleiter an einem

Baum und stieg ebenfalls in die Tiefe. Unter fortwährendem Rufen lief ich den Stollen ab. Doch von Bogdan fehlte auch weiterhin jede Spur. Ich konnte mir das alles nicht erklären. Wo war er nur geblieben? War er verschüttet worden oder gar schon tot? Da entdeckte ich einen seltsamen Stein, der mir vorher nie aufgefallen war. Lag da nicht Bogdans Plan? Tatsächlich auf dem Stein lag der Plan des Schlosses. Als ich den Plan an mich nahm, traf mich beinahe der Schlag. Der Stein darunter trug eine Inschrift: Bogdan zu Garbenburg. Ich war wie vom Schlag gerührt. Wie ging das zusammen? War Bogdan etwa ein Geist? Und wenn, wie kam er dann in diese Pension ... unfassbar! Der Stein entpuppte sich als Grabplatte. Es war die Grabplatte des Ehemannes von Friedlinde. Das also war die Person, der noch fehlte! Einst war er verflucht und weil er sich mit einem benachbarten Fürsten angelegt hatte, wurde er bei Nacht und Nebel umgebracht. Das ging aus einem der alten Schriftstücke hervor, die ich bei meinem ersten Durchforsten des Stollens fand. Friedlinde hatte Bogdan sehr geliebt und seine Leiche heimlich im Stollen beerdigen lassen. Ebenfalls unter der Grabplatte fand ich auch den Schatz derer „Zu Garbenburg". Es waren etliche, recht gut erhaltene Goldmünzen mit einer geheimnisvollen Prägung. Ich verkaufte sie an ein Museum und ließ davon und mit einem großzügigen Kredit das kleine Schloss neu errichten. Alles sollte so aussehen, wie es einst war. Das Gemälde von Friedlinde zu Garbenburg erhielt einen Ehrenplatz im neu entstandenen Musikzimmer. Und ihr Lied, welches sie sang, spielte ich oft auf dem alten Spinett. Immerhin kannte ich das Lied aus meiner eigenen Kindheit. Später wurde mir so vieles klar und wie Schuppen fiel es mir von den Augen. Warum nur war ich so blind und hatte es nicht selbst gesehen? Wer sollte sonst all die Schriftstücke beschafft haben, wenn nicht Bogdan selbst? Er hatte mir bei allem geholfen, doch als Geist konnte er mir nur Hinweise geben. Ausführen musste ich es schließlich allein. Und warum ich ihn als einziger selbst sehen konnte war die Tatsache, dass er einer meiner Vorfahren war, der vermutlich auf meine Rückkehr gewartet hatte. Doch in Wahrheit war es auch das Lied, welches einst meine Mutter sang. Als ich es in der alten Ruine pfiff, hatten es die Geister von Bogdan und Friedlinde wieder erkannt und Bogdan war mir schließlich erschienen. Ich sollte das verschüttete Erbe des alten Schlosses ausgraben, Friedlinde und

Bogdan zur Ruhe betten und die Anlage endlich wieder zu neuem Leben erwecken ...

Erdbeben

Es war so ein sonderbares Gefühl, welches Bill in den letzten Tagen einfach keine Ruhe mehr ließ. Es zwang ihn regelrecht in die Knie und er wollte sich krank melden. Doch sein Job als Taxifahrer in der riesigen Stadt San Francisco ließ das einfach nicht zu. Er hing zu sehr an seinem Job. Und dennoch keimte gerade in den letzten Tagen so eine Spur von Sehnsucht in seiner Seele auf. Er konnte es sich überhaupt nicht erklären. Aber immer, wenn er über die sich endlos dahin ziehende Bay-Bridge nach Hause fuhr, dann schweiften seine Blicke in die Dunkelheit, die bedächtig, aber auch beunruhigend über dem Ozean schwebte. Und genau in diesen Augenblicken wurde ihm klar, dass er einsam war. Er fühlte sich unendlich allein und war doch jeden Tag unter so vielen Menschen. Eines Nachts, als er mal wieder den langen Weg über die Bay-Bridge nach Hause fuhr, geschah genau das, wovor er sich stets gefürchtet hatte. Seine Gedanken wurden jäh unterbrochen, als plötzlich die

Brücke gefährlich zu schwanken begann. Bills Wagen, der allein auf der riesigen Brücke unterwegs zu sein schien, wurde nach allen Seiten geschleudert. Bill wusste, dass er in diesem Moment nicht die Bremse drücken durfte. Er musste den Wagen ausrollen lassen und nahm schnellstens den Fuß von der Bremse. Kein Zweifel, die heftigen Erschütterungen, das musste ein Erdbeben sein! War es das lang gefürchtete Jahrtausendbeben? Es schien nicht so zu sein, denn als der Wagen am Rand der Brücke zum Stehen kam, wurde es wieder ruhig. Plötzlich fiel das Licht, welches die Brücke nachts erleuchtete, aus. Einige Rohrleitungen hingen von der oberen Fahrbahn herab, aber sonst schien alles in Ordnung zu sein. Vorsichtig und abwartend, dass nicht doch noch etwas Schlimmeres geschah, öffnete Bill die Wagentür. Es blieb ruhig. Langsam schob sich Bill aus dem Wagen. Draußen empfing ihn die frische, kühle Luft. Es roch nach Meer und irgendwie auch nach Abenteuer. Und als Bill die Fahrbahn im Scheinwerferkegel kontrollierte, wunderte er sich sehr. Die Straße schien vollkommen in Ordnung zu sein. Keine breiten Risse, keine Beschädigungen, nichts. Und seltsamerweise kam noch immer kein einziges Fahrzeug angebraust. Das kannte er überhaupt nicht, denn an den übrigen Tagen war reger Betrieb und irgendein Fahrzeug war selbst nachts noch auf der Brücke unterwegs. Wie konnte das nur sein? Die Stille beunruhigte Bill ein wenig. Nur der Wind verfing sich gespenstisch in der Stahlkonstruktion der Brücke. Auch von der darüber liegenden Fahrbahn drangen keinerlei Geräusche von irgendwelchen Fahrzeugen an seine Ohren. So etwas hatte Bill wirklich noch niemals erlebt. Langsamen Schrittes ging er ans Geländer und schaute in die schwarze Nacht. Draußen auf dem Ozean blinkten dutzende Lichter. Vermutlich waren Schiffe unterwegs und ein Helikopter flog brummend durch die Luft. Am Himmel funkelten Myriaden von Sternen und das glitzernde Himmelszelt spannte sich märchenhaft über die Landschaft. Bill beobachtete eine vorüberdriftende Sternschnuppe. Sie zog ihre Bahn übers Firmament und entschwand schließlich am Horizont. Sollte er weiterfahren? Vielleicht war es besser, noch ein paar Minuten in die Unendlichkeit zu schauen und ein wenig zu träumen. Plötzlich vernahm er Schritte hinter sich. Und ehe er sich umdrehen konnte, tippte ihm jemand auf die Schulter. Mit einem Ruck fuhr Bill herum und starrte erschrocken in die leuchtenden Augen einer wunder-

schönen jungen Frau. Sie lächelte ein wenig und hatte doch Tränen in ihren Augen. Merkwürdigerweise konnte er ihr Gesicht genau erkennen, obwohl nicht einmal der Mond zu sehen war. Einige Sekunden schauten sich die beiden an und sprachen kein einziges Wort. Doch dann fasste sich Bill ein Herz und sprach leise: „Was tun Sie denn um diese Uhrzeit auf dieser Brücke?"
Nachdem er diesen Satz geflüstert hatte, ärgerte er sich auch schon wieder, dass ihm nichts Besseres eingefallen war. Doch die junge Frau schien sich darüber gar nicht zu wundern. Sie lächelte verlegen und sagte dann: „Ich war erschrocken, dachte schon, ein Erdbeben hätte die Brücke beschädigt."
Bill schaute sich um. Aus dem gleichen Grund hatte schließlich auch er angehalten. Nur war ihm vorhin niemand aufgefallen, nicht einmal ein fremdes Fahrzeug. Und auch in diesem Moment konnte er nirgends ein parkendes Auto entdecken. Er wollte sich darüber nicht mehr den Kopf zerbrechen, fand es viel schöner, dass diese schöne Frau vor ihm stand. Sie schien seine Verwunderung zu bemerken und sagte: „Meinen Wagen habe ich etwas weiter hinten stehen."
Bei diesen Worten lehnte sie sich auf das Brückengeländer und schaute nachdenklich

in die Sterne. „Ist das nicht herrlich.", sagte sie dann, „Dieser Sternenhimmel. Ich habe immer davon geträumt, ihn mal von der Brücke aus zu sehen. Aber bisher hatte es nie geklappt." Bill fand diesen Satz irgendwie passend, denn auch er hatte noch nie mitten in der Nacht auf dieser Brücke gestanden und in die Sterne geschaut. Und ausgerechnet in diesen Minuten fühlte er sich so unendlich frei, so wunderbar und glücklich, dass er es selbst kaum fassen konnte. In Gegenwart dieser faszinierenden Frau fühlte er sich so gut, wie er sich selten gefühlt hatte. Und dieser einzigartige Augenblick auf dieser sonst so belebten Brücke schien ihn regelrecht zu verzaubern. Die beiden begannen eine Unterhaltung, sprachen über Gott und die Welt und die Stunden vergingen wie im Fluge. Und noch immer kam kein einziges Fahrzeug über die Brücke gefahren. Schließlich war es Bill, als hörte er die Glocken einer Kirche. Irritiert schaute er in Richtung der hell erleuchteten Stadt. Sollte das Geläut einer Kirchenglocke bis hierher auf den Ozean dringen? Hier, zwischen Himmel und Erde, über dem Wasser ... das konnte nicht sein. Aber es war schön. Vielleicht zu schön? Die junge Frau schaute ihn plötzlich so merkwürdig an und sagte dann traurig: „Übrigens, ich heiße Lea. Es ist schön, Dich hier getroffen zu haben. Doch jetzt muss ich weiter. Hier, nimm dieses Bild von mir, als Erinnerung. Vielleicht denkst Du mal an unser Treffen auf dieser Brücke. Und wer weiß, was das Leben noch so bringen mag, leb wohl." Bill wischte sich die Augen. Er wollte nicht, dass sie ging. Er spürte einen heftigen Stich im Herzen. Hatte er sich vielleicht in diese wunderschöne junge Frau verliebt? Hatte er in Lea das gefunden, was er immer gesucht hatte? Er wusste es nicht und flüsterte ein letztes „Lebe wohl" zu Lea. Sie drehte sich noch einmal um und Bill sah, dass sie weinte. Dann entschwand sie in der Dunkelheit. Doch was war das? Überm Wasser blinkte für kurze Zeit ein schwacher Silberschweif auf. Und plötzlich bebte erneut die Brücke. Bill flüchtete sich in seinen Wagen, so als ob er dort sicherer wäre. Glücklicherweise stand er auf der richtigen Stelle, denn ein Segment der Brückenkonstruktion klappte von oben auf die Fahrbahn. Dann wurde es ruhig. Merkwürdigerweise erschienen nun auch einige Fahrzeuge auf Bills Fahrbahn. Mit quietschenden Bremsen hielten die Fahrzeuge an und die Fahrer stiegen aus. Es wurde immer lauter und nach einigen Minuten trafen Feuerwehren und Polizeifahrzeuge ein. Helle Scheinwerfer verwandelten die Nacht in einen vermeintlich hellen Tag. Bill bemerkte, dass im hinteren Teil der Brücke zwei Fahrzeuge brannten. Die Flammen schlugen lodernd an die obere Fahrbahn. Es war ein Chaos ohne gleichen. Bill wusste nicht, was er tun sollte. Wieder verließ er seinen Wagen und sofort kümmerten sich zwei Polizeibeamte um ihn. Sie wiesen ihn an, sofort die Brücke zu verlassen. Man hatte dafür eine Fahrspur eingerichtet, sodass die Fahrzeuge, die sich bereits auf der Brücke befanden, zurück fahren konnten. Bill erkundigte sich bei den Polizeibeamten nach den brennenden Fahrzeugen. Einer der Polizeibeamten meinte mit gesenkter Stimme: „In einem Fahrzeug saß eine junge Frau. Sie verlor bei dem Beben wohl die Gewalt über ihr Fahrzeug, raste auf den davor befindlichen Wagen und verbrannte schließlich in ihrem Fahrzeug bis zur Unkenntlichkeit. Später erfuhr Bill, dass die Erdstöße ein Brückensegment zum Einsturz gebracht hatten. Bis auf die beiden Fahrzeuge, die vollständig ausbrannten, war nichts passiert. Doch das Foto der toten jungen Frau war abgebildet. Bill erschrak, denn es war Lea! Aber wie konnte das sein? Wo war sie hergekommen, wenn sie während des Bebens doch mit einem Fahrzeug zusammengestoßen war? Einen Monat später lernte Bill eine nette junge Frau kennen. Sie sah Lea wie aus dem Gesicht geschnitten ähnlich. Und sie hieß Lia. Und als Bill das Foto, welches er von Lea noch hatte, betrachtete, bemerkte er eine in winziger Schrift verfasste Widmung auf der Rückseite. „Für Bill" war da zu lesen. Und irgendwie glich diese Widmung aufs Haar der Schrift seiner neuen Frau Lia …

Inhalt

5…………..Lisas Geburtstag
15…………Rache der Vergangenheit
24…………Entführt
31…………..Feuersbrunst
38…………Falsch verbunden
44…………Der Traum
55…………Die Madonna
61…………Kruzifix
68…………Der Labrador
74…………Reifenpanne
78…………Geister
94…………Erdbeben

Im nächsten Heft

Rätselhafte Träume,
Engel,
grauenhafte Schlösser
und Vieles mehr.
Also dann:
Bis zum nächsten Mal!